カフカと「お見通し発言」
―「越境」する発話の機能―

Kafka und „Durchschauende Äußerung"
―Funktionen der „grenzüberschreitenden" Äußerungen―

西嶋義憲

鳥影社

まえがき

　カフカ作品の面白さはどこにあるのだろうか。
　その答えはおそらくいくつもあるだろうが、そのうちの1つに、手法としての非日常的世界の創出があるのではないかと思う。たとえば、目覚めると巨大な虫に変わっていた『変身』、理由が明らかにされないまま逮捕されてしまう『訴訟（審判）』、なかなか目標にたどり着けない『城』は、その例であろう。
　このような非日常性は、実は作品内の会話にも認められる。カフカのテクストを他の作家のテクストから際立たせている特徴の1つに登場人物間の会話があると言ってもよかろう。作品内で交わされる会話は、日常的なそれとはかなり異なり、特殊で奇妙なやり取りといった印象を与える。その「奇妙さ」の構成にはさまざまな要素が関与している。本書では、とりわけ、そのうちの一部と見なされる「お見通し発言」に焦点をあてる。
　一般に、ある人物の内面世界は、当該の人物以外は直接には知りえない。知りえたとしても、それを当人以外の人物がその当人に向かって断定的に表現することは、通常、しない。もし他者の内面世界に言及する場合は、外見からの判断を表わす表現を付け加えるか、疑問文という形式をとる必要があろう。ところが、カフカの作品内会話には、そのようなルールに従わないものがある。たとえば、ある作品内会話では、ある話者が、別の話者の思考・期待・意志などを、あたかもその相手の心を見通しているかのように2人称形式で断定的に述べる発話が認められるのだ。これは日常的な言語使用における認識領域の「境界」の侵犯にあたり、整合的な理解を妨げる。カフカ作品の会話におけるこうした非日常的な破れは無原則というわけではなく、そこには一定の法則性が認められる。このように、個人

間に存在する境界領域を「越境」する発話を本書では「お見通し発言」と名づける。この「お見通し発言」は、カフカ作品の会話で散見され、それらはレトリックとして場面に応じた特定の機能を担っているように見える。

カフカ作品には、たとえば『判決』や『訴訟（審判）』に代表されるように、「対立」や「抗争」がテーマとなるものが多い。そのような対立や抗争場面において用いられる「お見通し発言」は、相手の思考を断定的に表現することにより、相手に対する優位性を戦略的に誇示する手段として機能することになる。他方、カフカ作品では、「連帯」や「共感」が描かれることもある。「お見通し発言」は、その場合、相手のことを深く理解していることを表明することにもなるので、それを肯定的にとらえれば、相手への共感を積極的に示す手段として機能していることがわかる。「お見通し発言」におけるこの２つの機能は、同じ行為の相反する側面、すなわち、「対立」と「連帯」という概念でまとめることができそうである。さらに別の機能もある。登場人物が自分で気づかなかったこと、考えも及ばなかったことを、あたかも自分が前もってすでに考えていたかのように対話相手から指摘されると、それが会話を展開させる契機になる場合もある。このような「お見通し発言」は、意外性の認識による対話展開のきっかけとして機能していると言えそうである。このように、同じく相手の心を見通し、それを言明するという行為は、カフカの作品においては、コミュニケーション上複数の機能を担っているように思われる。

本書では、このような「お見通し発言」をカフカ作品に特徴的なレトリックの１つと捉え、その技法の特徴を複数の作品を分析することによって明らかにする。それによって、カフカ作品のレトリック研究に新たな視点を提供できるのではないかと期待している。

目 次

まえがき ……………………………………………………………… 001

序章　2人称断定文と「お見通し発言」 …………………………… 007
第1章　領分の越境と話の展開
　　　　——断片『笛』の証例—— ………………………………… 027
第2章　優位性の確立（1）
　　　　——短編作品『判決』と『流刑地にて』の証例—— …… 041
第3章　優位性の確立（2）
　　　　——長編作品『訴訟（審判)』と『城』の証例—— …… 061
第4章　共感の表明
　　　　——長編作品『失踪者（アメリカ）』の証例—— ……… 085
第5章　「お見通し」行為としての手紙
　　　　——『父への手紙』の証例—— …………………………… 099
第6章　「お見通し」能力と優位性
　　　　——『小さな女』の証例—— ……………………………… 115
第7章　「お見通し発言」とメタ言語的説明 ……………………… 137
第8章　レトリックとしての「お見通し発言」の翻訳可能性 …… 155
終章　　越境する会話 ……………………………………………… 169

使用テクスト ………………………………………………………… 177
文献 …………………………………………………………………… 183
初出一覧 ……………………………………………………………… 191
あとがき ……………………………………………………………… 193
索引 …………………………………………………………………… 197

カフカと「お見通し発言」
──「越境」する発話の機能──

序章　2人称断定文と「お見通し発言」

0.　はじめに

　ドイツ語の2人称代名詞を主語とする平叙文（以下、「2人称断定文」と呼ぶ）の中には、文法的には正しくても、コミュニケーションにおいて相手に面と向かって発話することが困難もしくは不自然に思われるものもある。しかしながら、適切なコンテクストさえ与えられれば、その不自然さは解消されるようだ。本章では、まず、2人称断定文が現れる談話例をもとに2人称断定文の用法を観察し、その特殊性を浮き彫りにする。次に、2人称断定文のもつ特殊性と関連づけながら、カフカ作品の会話に特徴的に認められる2人称断定文の一種である「お見通し発言」とはどのような発話なのか、その概略を説明する。最後に、本研究の目的を提示し、本書の構成について述べる。

1.　人称と断定文

1.1.　不均衡な人称
　人称は一般に、コミュニケーションにおける関与の役割によって3種類に分けられる。話者を指示する1人称、1人称の対話相手を示す2人称、1人称によって言及される3人称である。ヴァインリヒが指摘するように、この3者間の関係は対等ではない（Weinrich, 1993; 臼渕, 1996; Stirling & Manderson, 2011; 金井, 2012; 平子, 2012）。まず、1・2人称と3人称とい

う対立がある。前者はそれぞれ会話おいてことばを交わす話し手と聞き手であり、会話の直接的な参加者である。そして、その人称は入れ替わることがある。他方、後者の3人称はその会話において1人称によって指示され言及される対象である。

次に、1人称と2人称との関係であるが、両者の関係は認識的優位性（epistemic primacy）という観点から、話者である1人称が優位にたつ（Stivers, Mondada, & Steensig, 2012; 下谷, 2012）。このような観点からすると、会話では1人称が中心で、2人称が付随的という役割関係になる。話し手である1人称が他者に話しかけることによって、その他者が2人称として出現するからである。もちろん、2人称が出現することにより、話し手も1人称として再認識・再確認されることになる（平子, 2012）。

このような人称間の不均衡な関係により、2人称断定文は奇妙に映ることがある。そのような例を以下では検討するが、まず2人称断定文の一般的用例を確認しておこう。

1.2. 2人称断定文の一般的用法

まず、不定代名詞（man）の代用としての *du*（英語の you に相当）の用法、次にモノローグにおける自己言及の際の *du* の用法を説明する[1]。

1.2.1. 不定代名詞 *man* の代用として

不定代名詞 *man*（人）の代用としての2人称代名詞 *du* の用法は、コミュニケーションにおける対話相手を特定するものではない。したがって、本書が対象とする2人称断定文の議論とは直接に関係しないが、用例の1つとして紹介しておくことにしよう。次の例は橋本『詳解ドイツ大文法』（1982）から採取したものだ（pp. 90-91）。なお、下線は論者による（イタリックによる強調は著者）。

---

[1] なお、カフカ作品には、ここで紹介する2つの一般的用法を用いた断片テクストがある。このテクストについては、語り手による「越境」行為が描写されているという解釈を提示する研究もある（西嶋, 2001b）。

Sage mir, mit wem *du* umgehst, und ich will *dir* sagen, wer *du* bist. (*Goethe*)「汝が誰と付き合っているかを言いなさい。そうすれば私は汝がどんな人柄であるかを汝に言ってやるぞ」「ヒトの附き合っている友を見れば、その人の人柄が分かる」。

橋本（1982, p. 91）の解説によると、「誰についてでも言い得ることを、生き生きと表現するために、*du* について言ったまでのこと」で、*du* を *man* に換えて、「*Man* sage mir, mit wem *man* umgeht, und ich will *einem* sagen, wer *man* ist.」としても意味は同じだという。

1.2.2.　モノローグにおける思考の再現

　発話者が独り言として、自分の思考内容を再現する際の自己言及は、日本語では、「オレってやっぱもてるなあ」といったように、「オレ」「私」「僕」などの自称詞（1人称）が主語として現れる。ところが、ドイツ語などの西欧語では2人称が用いられるのが普通である。上例と同様に、橋本『詳解ドイツ大文法』（1982）から用例を引いてみよう（p. 90f.）：

Weil er sich aber nicht getraute anzuklopfen, setzte er sich still vor der Pforte nieder und dachte: „*Du* willst auf den reichen Mann warten; vielleicht klopft der an." (Leander)「しかしノックする勇気がなかったので、門の前に腰を卸してこう思った、『私はあの金もちを待つことにしよう。もしかしたらあの男がノックするかも知れない』と。」。(du willst = ich will.)

　上例の日本語訳では2人称代名詞 *du* が「私」と訳されている。これは日本語が状況内から事態を把握し、他方、西欧語では状況外から見る傾向があることと関連している（池上, 2000; 岸谷, 2001; 中村, 2004; Nishijima, 2013b）。一般に、日本語では、話者は自分自身を自分がいる状況の外側か

ら眺めず、むしろ状況内の視点から主観的に見るのが普通である。ところが、西欧語では話者は自分自身をも外側から客観的に見ようとする[2]。その結果、自己言及の際、他者と同様に外側から客観的に見て、2人称を使用することになるというように説明できる[3]。

1.3. 一般的でない用例

　以下では、一般的でない用例を示す。まずは英語の2人称断定文の例である。バーナード・ショーの戯曲『ピグマリオン』を原作とするミュージカル『マイ・フェア・レディ』の冒頭部で2人称断定文が使用されている。音声学者ヒギンズ（Higgins）が花売り娘イライザ（Iliza）の話す言

---

[2] これを別の例を用いて説明してみよう。知人に電話をしたところ、電話に出た人物が、話をしたい相手であった場合である（Nishijima, 2010, p. 60f., cf. 廣岡, 2009, p. 210f.）。
　　You: "I would like to speak to Ms. A."
　　A: "This is she."
日本語でなら、「私です」というように、状況内の視点から答えるところだろうが、それが英語では3人称の *she* で状況の外側の視点から表現されることになる。

[3] 鈴木（2005）は、モノローグにおけるこの用法を体験話法と関連づけ、自己言及を体験話法という観点から分析・説明しようとしている（53f.）。
　　[…] Ehre verloren, alles verloren! … Ich hab' ja nichts anderes zu tun, als meinen Revolver zu laden und … Gustl, Gustl, mir scheint, **du** glaubst noch immer nicht recht d'ran? […] *es gibt nichts anderes … wenn* **du** *auch dein Gehirn zermarterst, es gibt nichts anderes!* (A. Schnitzler: *Leutnant Gustl*, S. 22f.)
　　（俺は）名誉を、すべてを失った…ピストルに弾を詰め自殺する以外に道はない、グストゥル、グストゥル、おまえはまだそのことを本気で信じていないようだな…自殺以外ほかに道はないさ…おまえがどんなに頭を悩ましたところで他に道はないさ。

これは1人称小説の例であるが、自分自身を *du* で言及している。鈴木（2005, p. 54）は、「ある意味で1人称の私の思考が2人称に変換されて再現されている」と説明する。つまり、体験話法の観点からすると、自分自身を話者の観点から他者として対立的に観察し、その立場から再構成していることになる。体験話法の用法は、話者の視点から叙述内容を再現することにあるので、この説明は説得力がある。

葉を汚い言葉とののしり、そのままの言葉遣いでは今の貧困生活から抜け出すことはできないが、適切な話し方を身につけさえすればより収入の高い職業に就けると述べる。それに対してイライザは言葉を学ぶことは不可能であると主張する。ところが、その場に居合わせたピッカーリング大佐（Colonel Pickering）が言葉を新たに学ぶことは難しくない、自分だってインドの言葉を習得できたのだから、と反論する。この説明を聞いていたヒギンズがピッカーリング大佐に対して何者かと尋ねる。その問いにピッカーリング大佐が答える場面である[4]。

Pickering: I am Colonel Pickering. Who are you?
（私はピッカーリング大佐というものです。あなたは？）

Higgins: I'm Henry Higgins, author of Higgins' Universal Alphabet.
（ヘンリー・ヒギンズです。『ヒギンズ・ユニバーサル・アルファベット』を書いたものです。）

Pickering: I came from India to meet you!
（私はインドからあなたに会いに来たんです。）

Higgins: I was going to India to meet you!
（私はインドまであなたに会いに行こうとしていたところです。）
Where are you staying?
（どちらにご滞在で？）

Pickering: At the Carleton.
（カールトンです。）

Higgins: (1) No, you're not.（いや、そうではないでしょ。）
(2) You're staying at A Wimpole Street.
（あなたは、ウィルポール通りに滞在しているんです。）
(3) You come with me.（あなたは私と一緒に来るのです。）

---

[4] http://www.script-o-rama.com/movie_scripts/m/my-fair-lady-script-transcript.html
なお、（　）内の訳文は論者による試訳である。

　　　　　We'll have a little jaw over supper.
　　　　　（夕食をとりながら少しお話をしましょう。）

　ヒギンズがピッカーリング大佐に滞在先を尋ねたところ、カールトン（Carleton）という、おそらくホテル名を答えた。それに応ずるヒギンズの発話は2人称断定文の連続となる（会話文に便宜上番号を付してある）。(1) の否定の現在進行形でピッカーリング大佐が現在の滞在先（カールトン）に留まることを否定する。(2) の現在進行形の文はある別の場所、おそらくはヒギンズの自宅のある通りに滞在するよう提案するものである。そして、(3) で現在形の2人称断定文が発せられる。これは相手のこれからの行動を断定的に表現することにより、相手に行動を強く促していると言える。

　このような断定文は、英語母語話者でない筆者には極めて押しつけがましく感じられる。そこで、この一連の発話 (1)〜(3) を英語母語話者は実際にどう感じるのかを知人の英語母語話者（アメリカ合衆国東北部出身の30代男性）に尋ねてみた。すると、「極めて親しすぎる (too friendly)」発話だと評して、同じ場面なら、(4) のような疑問文形式の表現を選択し、相手の行動を促すだろうと説明した：

　　　(4) That's silly. Why don't you stay with me?
　　　　　（そりゃよくない。私のところに来たらいかがです。）

　相手の行動を、その相手本人に面と向かって断定的に表現することは、知人のアメリカ人にとっても極めて不躾な強い指示表現に映るようだ。Brown & Levinson (1987) のポライトネス理論によれば、欧米圏では、大人どうしは相手への指図、すなわち、押しつけを避けることが期待されている。したがって、相手にある行動を促す場合は *Why don't you...?* という疑問形式を用いることが一般的である。しかし、お互いに親しい間柄ならば、(3) のような言い方は「親しみの表現」として受容可能だと判断でき

る[5]。

　このように、2人称断定文は特殊な印象を与える用法と言えそうである。それはどのような特徴をもつのか、ドイツ語の2人称断定文に関する先行研究を紹介しよう。

2. ドイツ語の2人称断定文（臼渕, 1996）

　ドイツ語の2人称断定文そのものを主題にし、他の人称の断定文との比較によりその異質性を指摘した研究としては、臼渕（1996）が知られている。2人称を主語とする断定文は他の人称のものと異なり、コミュニケーション上の取り扱いが難しい。とするならば、2人称断定文は実際、どのような場面で使われるのかという疑問が生じる。臼渕（1996）は、2人称が頻出する書簡体小説から2人称断定文の用例を採取し、その用法を明らかにしようと試みている。

　臼渕はまず、ヴァインリヒの用例を引き合いに出し（Weinrich, 1993: 214）、2人称を主語とする現在形の文は命令のニュアンスを帯びることがあると指摘する（臼渕, 1996: p. 3。なお、訳文は論者臼渕による）[6]。

---

[5] 他方、日本語においても、親が子供に向かって、あるいは教員が生徒に向かって、命令形ではなく、ル形（終止形）の断定文を使用して強い指示を表現することがある。たとえば、「すぐに片づける」「残さず食べる」など。これらは人称が表面化していないが、2人称断定文と見なすことができそうである。

[6] Weinrich (1993) には、次の例文も挙がっている（翻訳版、p. 208）：
　　Sie kommen mir nicht eher wieder ins Geschäft, bis Sie ganz gesund sind!
　（あなたはすっかり元気になるまで、仕事に戻ってこない）
Weinrich の解説は以下のとおり：「少なくとも、命令法を使わなくても、現在時制によって行為の指図を表現することができる。このような指図は、非常に強く、そして多くの場合、示唆的な命令という性格をもつ。」（翻訳版、p. 208）
　この例の説明から、『マイ・フェア・レディ』の英語の用例が強い要請の意味をもちうることが理解できる。

> Sie gehen jetzt sofort nach Hause und legen sich ins Bett!
> （あなたはこれからすぐに帰宅して床につく）

そして、その背景には話者と聞き手という特殊な関係があることを示唆する（臼渕, 1996: p. 3）。なお、傍点による強調は臼渕による。

> このように、二人称と三人称は、話し手である一人称との関係において明らかに違う。両者とも一人称である「わたし」にとって「他」であることに変わりはないが、二人称は同じ「他」であっても、「わたし」が、話しかけるという行為を通じて、ただそれのみによって創り出す他であり、その同定化は話し手である「わたし」に設定されたその場でのみなされうる。それに対し三人称は、一人称とのそうした相関関係に対して無標である。

このように、2人称断定表現は話者との直接的な関係によって発せられるので、相手の内面に関して叙述する際は、特殊な状況が必要となる、と英語を例にして次のように述べる（臼渕, 1996: p. 4）。

> このようにみてくると、"You are …" という表現は、文法的には "I am …", "He is …" と同列でも、使用という観点ら(ママ)すると一種異質な表現ということができる。（中略）そうであれば、この「あなた」に内在すべき性質を「わたし」が替わって断言することになるこの表現が、特殊な状況を要することが予測できる。

そこで、2人称断定文がどのような場面で使用されるのか、その用法をラクロ（Laclos[7]）のフランス語書簡体小説『危険な関係』のドイツ語訳を題材に分析している。

---

[7] 臼渕（1996）では、作者名 "Choderlot de Laclos" の "Laclos" が "Lachlos" と誤記されている。

臼渕は、この作品から3つの用例を引き、それらには皮肉を表わす疑問文が後続することから、2人称主語の断定文は「非難の調子」を帯びていることを指摘する（臼渕, 1996: p. 5)。ここでは、参考のためにそのうちの1例を紹介し、試訳を付す（下線による強調は臼渕、訳文は論者）。

　Wirklich, Vicomte, <u>Sie sind unausstehlich</u>. Sie behandeln mich, als ob Ihre Maitresse wäre. Wissen Sie, daß ich sehr wütend bin?
　（本当、ヴィコム、あなたにがまんならないの。あなたはわたしを召使のように扱う。わたしがとても怒っているって、知っているの？）

　下線を施した文 *Sie sind unausstehlich.*（あなたにがまんならないの）が、「非難の調子」を帯びている理由を臼渕は以下のように説明する（p. 5)。

　現在形は「今話しているとき」への関係付けが最も近い時制であるから、その分だけ主観的要素も強い。実際、"Sie あなた" ということ自体、それは誰かを自分（あるいは自分の話（わ））に関連づけて規定したことに他ならない。その意味で、「あなた」は常に受け身の存在だ。そのうえ、その断言の内容が、「あなた」の外に出る客観的な行為よりも、その「あなた」の内的性質に関わるものであれば、それは自ずから主観的な意味あいを帯び、言われた本人の「あなた」にとっては、至急に何らかの態度決定（同意、否認、あるいは黙殺）を要する緊迫した、時によっては脅威を与える表現となるはずである。

　事実、この書簡体小説は、しだいに言い争いへと緊迫度を高めていくと臼渕は例を引いて説明する（p. 6)。臼渕の引用から関連する箇所を取りあげ、それに試訳を付すことにする。なお、引用内の強調は臼渕による。

　Sie wollen nur Ihre Macht mißbrauchen. Schämen Sie sich, <u>Sie sind undankbar</u>.

（あなたはご自分の権力を濫用しようとしているだけなの。恥を知りなさいよ。あなたは感謝知らずなのよ。）

　上例のように、相手の性質を断定することは相手への脅威となりうることを次のように指摘する（臼渕, 1996: p. 6f.）。

　（略）別な見方をすれば、話者は自分の話（わ）の絶対君主である。だから話者がその話の中で、同意も得ずに「あなた」の存在性質を上の例のようなかたちで規定してしまうことは、結果としてはことばの独り占めであり、一つの脅威的な行為にもなりうると私には思える。当の「あなた」としては、無視して取り合わないか（もちろん同意することも可能だが）、みずから話者となって反駁するしかない。実際小説のなかのやりとりも、そのように展開していく…。

　結論として、書簡体小説のデータから２人称断定文の特徴を次のようにまとめる（臼渕, 1996: p. 7）。

　すでに述べたように、この表現は話者がその話の中で相手の性質を規定してしまう性格をもつゆえに、それは主観的な意味あいを持ち、当の相手に対しては、時によって脅威的でもあるような緊迫感を与える。私たちが例に取った書簡体小説「危険な関係」において、それは登場人物たちの諍いの場に典型的に現れ出ていたと言える。文法的には非常に平凡な文が、使用という観点からすると、実はいささかも平凡ではない。

　このように、２人称断定文は、諍いの場面で典型的に使用されると指摘する。
　この先行研究が明らかにしているように、２人称断定文は他の人称断定文とはその性格が異なる。このことから、同じく２人称断定文という形式

をもつ「お見通し発言」の特殊性が浮き彫りになる。以下では、2人称断定文の他の用法を確認し、「お見通し発言」の特徴を浮かび上がらせたい。

3. 断定文

臼渕（1996）の議論を踏まえて、3種類の人称の中で2人称が特殊な位置にあるという問題をさらに明確化するために、ドイツ語の現在人称変化の例を取り上げる。なお、議論を単純化するために、1人称、2人称、3人称はそれぞれ単数形の *ich*（わたし）、*du*（きみ）、*er*（彼）で代表させることとする。

  (5) Ich spiele Tennis. （わたしはテニスをする）
  (6) Du spielst Tennis. （きみはテニスをする）
  (7) Er spielt Tennis.   （彼はテニスをする）

(5)・(6)・(7)は、不定句 *Tennis spielen*（テニスをする）の人称ごとの定形表現を示している。これらは文法的に正しい文である。では、不定句 *traurig sein*（悲しい）の人称ごとの定形表現の(8)から(9)はどうであろうか。

  (8) Ich bin traurig.   （わたしは悲しい）
  (9) Du bist traurig.   （*きみは悲しい）
  (10) Er ist traurig.   （*彼は悲しい）

ドイツ語文法では、上記3文とも文法的に正しいとされる（しかし、日本語はその訳を見ればすぐに気づくように、文法的でない非文もある。非文にはアステリスク(*)を施してある）。
 (5)・(6)・(7)の3組と(8)・(9)・(10)の3組との違いは、叙述内

容が外部から観察可能かどうかという点にある。*Tennis spielen* は、それが習慣的行為であれ、今行なわれている行為であれ、主語として提示される行為者の行動から判断可能で、どの人称の行動もそれと客観的に観察できる。ところが、*traurig sein* は、主語で言及される当事者の感情にかかわる。内面世界は、その主語で表示される当事者に属するが、ドイツ語や英語などは当事者に関して人称の区別なく、その内面世界を話者は表現可能である。このような現象は、話者である表現主体の主観的立場を直接的に反映せず、客観的な立場から同等に構成することによる、と岸谷（2001, p. 92）は説明する。他方、日本語は一般に、表現主体である話者の視点から主観的に叙述するので、主語が自称詞（1 人称）以外は内面世界をル形（終止形）で表現するのに制約がある。これを人称制限という[8]。そのため、(9)・(10) の日本語訳は奇妙に感じられることになる。

同様に、思考内容に関わる次の 3 文もドイツ語では文法的に正しいとされる。

(11) Ich glaube, dass der Professor geschieden ist.
（その教授が離婚しているとわたしは思う）

(12) Du glaubst, dass der Professor geschieden ist.
（*その教授が離婚しているときみは思う）

(13) Er glaubt, dass der Professor geschieden ist.
（*その教授が離婚していると彼は思う）

たしかに文法的に正しくても、実際のコミュニケーションの場で対話相手に面と向かって (12) や (13) を発することができるだろうか。もちろん、次の (14) や (15) のように断定しない疑問形式であったり、推

---

[8] なぜ人称制限という文法制約が日本語に見られ、英語やドイツ語などに現われないのかは興味ある問題である。しかし、本稿では、中心テーマから離れるので、これ以上立ち入らない。一つの説明の試みとして、甘露（2004）をあげておくにとどめる。なお、人称制限による日本語訳への影響については、第 8 章で扱う。

量の副詞が伴っていれば語用論上も適切な発話になる。

 (14) Glaubst du, dass der Professor geschieden ist?
   (その教授が離婚しているときみは思うのか)
 (15) Du glaubst vielleicht, dass der Professor geschieden ist.
   (その教授が離婚しているときみはたぶん思う)

　(12)のような思考内容を断言するドイツ語2人称断定文は、ドイツ語文法に人称制限がないとはいえ、ネイティブ・スピーカーの判断によっては、コミュニケーション上、不自然な表現と見なされることもある。目の前にいる相手に面と向かって直接に、その内面世界をあえて断定的に述べること自体が奇妙な行為と考えられるからである[9]。

　本研究で焦点をあてるのは、(12)のような思考内容を叙述する2人称断定文である。疑問形や推量形式のような条件を伴わずに、(12)のような2人称断定文を発することが可能なコンテクストとはどんなものであろうか。

4.「お見通し発言」の用例

4.1. 話者による対話相手の思考・意志の断定

　(12)のような、対話相手の内面世界について断定的に言明する発話がカフカのテクスト内対話に散見されることが指摘されている (Nishijima, 2005)。ここでは、そのような用例として、『判決』(*Das Urteil*) の分析例を見てみよう。

　『判決』という作品では、父と息子の葛藤がテーマとなっているが、その前半部において弱弱しく描写されていた父親が、後半部になると突如と

---

[9] フランス語については、東郷 (2002) が同様の指摘をしている。

して力を回復し、それまで優位にあるかのように描写されてきた息子のゲオルクを自分の支配下におこうとする場面がある。その場面において、次の下線を施してある発話のように、2人称代名詞の *du*（you）と思考動詞の *denken*（think）を用いて父親が息子に対し、息子の思考内容を断定的に叙述する。参考のために、ドイツ語原文の後に日本語訳を載せておく。

„Jetzt wird er sich vorbeugen", dachte Georg, „wenn er fiele und zerschmetterte!" Dieses Wort durchzischte seinen Kopf.
Der Vater beugte sich vor, fiel aber nicht. Da Georg sich nicht näherte, wie er erwartet hatte, erhob er sich wieder.
„Bleib, wo du bist, ich brauche dich nicht! <u>Du denkst, du hast noch die Kraft, hierher zu kommen und hältst dich bloß zurück, weil du so willst.</u> Daß du dich nicht irrst! Ich bin noch immer der viel Stärkere. Allein hätte ich vielleicht zurückweichen müssen, aber so hat mir die Mutter ihre Kraft abgegeben, mit deinem Freund habe ich mich herrlich verbunden, deine Kundschaft habe ich hier in der Tasche!"

(*Drucke zu Lebzeiten*, p. 58。下線による強調は論者による。以下同様)[10]

　こんどは身体を屈めてみせるぞ、とゲオルクは思った、転がり落ちてこなごなに砕けてしまえ！　この言葉が彼の頭のなかをシュッと音をたててつきぬけて行った。
　父は身体を屈めた、が、転がり落ちはしなかった。ゲオルクが期待に反して近づかなかったので、彼はまたまっすぐに立った。
　「そこにじっとしているがいい、わしはおまえなど要らない！　<u>おま

10　Franz Kafka: *Drucke zu Lebzeiten*. Herausgegeben von Wolf Kittler, Hans-Gerd Koch und Gerhard Neumann. Kritische Ausgabe, Frankfurt/M.: Fischer Taschenbuch Verlag, 2002. なお、使用したテクストは巻末の「使用テクスト」に章ごとにまとめて掲載してある。以下同様。

えは、自分はここへ来る力がまだある、自制しているのは自分がそう望んでいるからだ、と思っている。思い違いはしないがいい。いまだってわしのほうがはるかに強いのだ。一人ならばわしは引っ込んでいなければならなかったかもしれん、だが、お母さんがわしに力をかしてくれたのだ、おまえの友達ともわしはかたく同盟を結んでいる、このポケットには彼から来たお前の情報がはいっているのだぞ！」

(円子修平訳『判決』、『カフカ全集1』pp. 43-44.)[11]

ドイツ語原文の下線部の発話は、すでに述べたように、主語が2人称代名詞の *du* で、その述語動詞は *denkst*（不定詞は denken）という思考動詞をもつ現在形・平叙文形式である。この言明形式の発話により、通常は知りえないはずの相手の思考内容に立入り、それを断定的に言及している。

---

[11]　円子修平訳『判決』(『決定版 カフカ全集1』)、新潮社 1980, 35-45.
　円子訳はドイツ語原文に比較的忠実である。「思う」という形を用いると不自然に聞こえるので、「思っている」というテイル形を用いている。テイル形は人称制限を解除するので、この文は許容される。別の翻訳では、日本語の人称制限を考慮して、確認形式に変更して訳出するものもある。たとえば、次の訳を参照：
　「そこにいろ。いるがいい。おまえなど用なしだ！　近づく力はあるんだが、わざと近づかないだけだと思っているな。そうだろう。……」

(池内 紀 訳『カフカ小説全集④ 変身ほか』白水社，2001, 50)
　この訳文では、「…と思っているな。そうだろう」というように確認表現として訳されている。これによって、原文の形式に忠実な訳文の不自然さを回避しようとしていることが読み取れる。レトリックという観点から、「お見通し発言」の原文とその日本語訳を比較している本書第8章を参照。
　では、英語訳ではどうであろうか。
　"Stay where you are, I don't need you! You think you have strength enough to come over here and that you're only hanging back of your own accord. …"

(*The Judgment. The Collected Short Stories of Franz Kafka.* Edited by Nahum N. Glatzer, London: Penguin, 1988, 86)
　この訳を見ると、ドイツ語原文と同様に、断定的な表現となっていることがわかる。英語にも日本語に見られるような人称制限がないので、このような英語でも文法的には不自然ではないのであろう。たとえそれがコミュニケーション上、奇妙な印象を与えたとしても。

その意味で、コミュニケーション上の奇妙さはあるが、それが発せられる場面を考えると、その効力が理解できそうである。この発話がなされるのは、それまで耄碌して弱っていたはずの父親が突如として元気を取り戻し、力関係が逆転し、息子よりも優位にあることを誇示する場面においてである。息子から父親へと支配関係の転換がもたらされるという背景を考慮すると、この表現は、相手に対して自らが優位にあることを誇示する手段として利用されていると推測することができる。この発話の特徴をここで仮にまとめておくと、2人称主語の平叙文・直説法現在形という形式により、対話相手の思考内容などの内面世界を見通し、それを相手に面と向かって明言するもの、となる（Nishijima, 2005）。

4.2. 見通すことと「お見通し発言」

上では、話者が対話相手の内的世界を断定的に表現する2人称断定文の発話例を見た。そのような発話がなされる背景には、相手の考えや心が見通せる能力があるという前提がなければならないだろう。相手の考えを見通すことはそもそも可能なのだろうか。この点について、たとえば、上に引用した作品『判決』で「お見通し発言」が出現する少し前の箇所に次のような記述がある。父親が、息子のこそこそした行動の意図を見破っていることを指摘する箇所である。参考のために、ドイツ語原文の後に日本語訳もあわせて載せておく。

> Darum doch sperrst du dich in dein Bureau niemand soll stören, der Chef ist beschäftigt – nur damit du deine falschen Briefchen nach Rußland schreiben kannst. Aber den Vater muß glücklicherweise niemand lehren, <u>den Sohn zu durchschauen</u>. (p. 56) [12]

12　Franz Kafka: 上掲書。

だからおまえは事務室に閉じこもった、主人多忙ニツキ、何人モ入ルベカラズ、とな、――だがそれは誰にも邪魔されずにロシアへ贋の手紙を書くためだった。しかし、幸いなことに、父親は息子の心を<u>見抜くことぐらい</u>、誰にも教えてもらう必要がないのだ。(円子訳『判決』: 42)

このテクストの下線部において「見通す」(日本語訳では「心を見抜く」)という意味の *durchschauen* という動詞が用いられている。この動詞の意味を『ドイツ語ユニバーサル辞典』(Deutsches Universalwörterbuch: DUW と略す)で確認しておこう。

a) *durch den äußeren Schein hindurch in seiner wahren Gestalt, in seinen verborgenen, vertuschten Zielsetzungen erkennen*: jmds. Absichten, Motive, jmds. Wesen d.; du bist durchschaut (*deine Absichten sind erkannt*) ; b) *verstehen, begreifen*; die Regeln sind nicht leicht zu d. (DUW: p. 412)
試訳：a) 外見を通してその真の姿を、その隠され、秘匿されて設定された目標を認識すること：誰かの意図、動機を、誰かの本質を見抜く；お前はお見通しだ（お前の意図はわかっている）；b) 理解する、把握する；規則は容易には理解しえない。

ここでは、*durchschauen* の意味は基本的に相手の意図を見抜くことだと理解しておけば十分である。このように他者の心を見通すこと、すなわち、他者の考えていることを理解すること、そしてそれを相手に直接に突きつけることが、とりもなおさず、その相手に対して自分の優位性を戦略的に示す手段になる。そこで、すでに述べたように、相手の考えを見通していることを断定的に表現する発話を、先の動詞 *durchschauen* を使用して、「お見通し発言」(durchschauende Äußerung) と呼ぶことにしたわけである (Nishijima, 2005)。

このように、カフカ作品においては、対話相手の意図を「見通す

(durchschauen)」ことが重要な意味をもつと考えられる。
　ここで、「お見通し発言」を形式・意味・機能という観点から改めて簡単に定義しておこう。

> 形式：2人称主語、定動詞は思考や意志を表わす表現、平叙文、直説法現在形。ただし、推量などのモダリティを表わす助動詞や副詞・心態詞は含まない。
> 内容：対話相手の思考内容などの内面世界を断定的に表現する。
> 機能：領分を侵し、対話相手の思考内容に立ち入ることにより、相手より優位であること、すなわち優位性や支配力を誇示する。

　この「お見通し発言」は、尾張（2008）が論じている「先取りする手法」と関連しているように見える。尾張（2008: 9-10）によれば、カフカ作品に見られる「敵対者の言葉を想像によって先取りする手法」は、「敵対者の反論をあらかじめ想定されたシナリオに組み込み、それによって相手からの反撃を無力化する」というものである。相手の考えていることを先取りするという点で、本書の「お見通し発言」と関わりがあると言えよう。ただし、「お見通し発言」は、反論に限らず、相手の考えていることを前もって戦略的に相手に提示する発話である。その意味では、「お見通し発言」は「先取りする手法」の一般的形式と見なすことが可能であろう（cf. 西嶋, 2009a）。先取りすることについては、終章において体験話法との関連で再び触れる予定である。

5. 目的

　上述のように、カフカ作品の中には「お見通し発言」とでも表現すべき発話が観察されるが、本書では、そのような発話が、出現する場面に応じて、どのような形態的特徴をもち、どのような内容を表現し、さらにどの

ような機能を有するのかをカフカ作品に出現するさまざまな用例を分析することにより明らかにする。そして、その分析を通じて明らかにされる「お見通し発言」の諸特徴が作品自体とどのように関連しているのか、また、カフカ作品のどのような側面が新たに解明されことになるのかを論じる。

6. 構成

　ここで本書の構成について述べておこう。
　第1章では、「領分の越境」という観点から、対話相手の領域に属する思考内容に踏み込んだ発言の用例を観察し、それが相手に対してどのような効果をもたらし、対話展開にどのような影響を与えるのかを分析する。第2章と第3章は、それぞれ短編と長編を対象に、「優位性の確立」というテーマで、対話相手に対して自己の優位性を誇示する発話例を分析する。第4章は、「共感の表明」という視点から、対話相手への深い共感的態度表明をする例を観察する。第5章では、作品そのものが「お見通し」行為を背景としている手紙というテクストを対象に、どのようにして「お見通し」行為が行なわれるのかを観察する。第6章では、「お見通し発言」そのものは出現しないが、モノローグの小説を通して、カフカ作品における登場人物間の関係の基本には、「お見通し」能力の優劣があることを示す。第7章では、「お見通し発言」を「お見通し」行為の発話としての実現形態と捉え、語りという地の文に現われる「お見通し」行為を説明する表現との関連を分析する。第8章では、「お見通し発言」とその日本語訳をレトリックという観点から比較し、ドイツ語のレトリックとしての効果がどのような形で日本語に実現されるのかを明らかにする。その際、日本語の文法現象の1つである人称制限との関連が論じられる。終章では、まず、「お見通し発言」の諸機能と個々のカフカ作品の内容との関連を総括する。次に、「お見通し発言」研究のカフカ作品研究における意義を考察し、

さらに今後の展開の可能性を示唆する。

第1章　領分の越境と話の展開
——断片『笛』の証例——

0.　はじめに

　本章では、「お見通し発言」という、お互いの領分を越えた登場人物による発話が会話展開を促進させている例をカフカの1つの会話断片テクストを利用して観察し、分析する。

1.　対話の構造と「お見通し発言」

1.1.　カフカ作品の対話
　カフカ作品を他のテクストから際立たせている特徴の1つに登場人物間の対話を挙げることができる（cf. Krusche, 1974）。作品内で交わされる対話は、日常的なそれとはかなり異なり、特殊で奇妙なやり取りであることが多い。この点に着目し、さまざまな形で対話分析がこれまで行なわれてきている。たとえば、カフカ作品の特徴を対話における対話参与者間の誤解とそれによって引き起こされるコミュニケーションの齟齬に求める研究の方向がある（Hess-Lüttich, 1979; 1982; 1986; 2004）。あるいはまた、カフカ作品の解釈の多様性と対話の機能との関係に焦点をあてる研究などがある（三谷, 1986）。カフカ作品の対話は、このような誤解や解釈の多様性といった複数の意味世界の構築にかかわる側面だけでは必ずしも十分に説明できない場合もある。たとえば、意味世界の構築を積極的に拒否しているように見える対話がある。このようなテクストでは、対話という日常的

な相互行為形式をとりながら、それによって提示されるはずの意味世界の構築が拒否されるという非日常的なコミュニケーションが描かれる。対話のこの奇妙な展開原理は、カフカ作品の特徴の1つになっていると筆者は考えている。

　その「奇妙さ」について、筆者はこれまでいくつかのテクストで分析を試みた（西嶋, 1990; 2000; 2001a; 2001b; 2005）。その結果、テクスト内言語相互行為レベルでは、結束性（Kohärenz, coherence）のきわめて高い言語行為連鎖が認められるが、意味論レベルでは、整合的でない事態の叙述によって統一的な意味世界が提示されないので、結束性はきわめて低いことが明らかにされた。すなわち、テクストを構成する2つのレベルに焦点をあてると、相互行為の形式面に関してはやり取りが成立しているが、意味世界に関してはその構築を妨げるという構造が見られるのだ。両レベル間に見られる結束性の度合いのアンバランスが「歪み」となり、上記の「奇妙さ」を作り出している可能性があることがわかった。

　このような「歪み」の他にも、いくつかの技法が認められる。対話の展開に関わるものにしぼって紹介しよう。たとえば、否定行為あるいは質問行為の繰り返しがなされる場合があるが、結果として知らぬ間にテーマや次元のずらしなどが引き起こされている。同一言語行為の繰り返しによって通常認められる形式に慣らしておき、結果としてその形式の過剰な展開によって整合性のある意味世界の構築を妨げてしまうという技法である。たとえば、『国道の子供たち』（*Kinder auf der Landstraße*）では質問行為の繰り返しの中で、「人々」（Leute）から「ばか者たち」（Narren）へと表層上のテーマが変化している。これによって、意味論的焦点が拡散し、意味論レベルでの整合性が失われる（西嶋, 2001a）。同様に、同一行為の繰り返しという手続きによって、次元間で移動が生じる場合もある。たとえば、『木々』（*Die Bäume*）では否定行為の繰り返しによって主観世界から客観世界へ（西嶋, 1990）、また、質問行為の繰り返しによって『喩えについて』（*Von den Gleichnissen*）では言明内容とメタ表現の間で、『泉』（*Der*

Brunnen)[1]では発話のレベルから語りのレベルへとそれぞれ移動が起きている（西嶋，2000; 2001b）。『泉』では、登場人物がまったく予期していない「声」による介入行為がなされ、それによって対話が始まってしまう（西嶋，2001b）。その「声」は、今度は語りの次元にまで進出するという特異な展開技法が認められた。こういった「歪み」やさまざまな技法によって、カフカ作品の対話の特殊性の一部を適切に説明することができるだろう。

　ところで、これまで対話に限定してカフカの特徴を述べてきたが、一般に言われる「カフカ的なもの（Das kafkaeske）」とはいったいどのようなものだろうか。「カフカ的なもの」として提出されてきた特徴の中で頻繁に取り上げられるのは、ノイマンがカフカのアフォリズムに頻出する語彙に基づいて提出した「反転（Umkehrung）」と「そらし（Ablenkung）」という概念であろう（Neumann, 1968）。この２つの概念は、言語表現によって描写される意味世界と係わり、意味世界の構築に関する操作を説明しようとするものだ。では、この説明概念は、カフカのテクストにおける対話の構造にも適用可能であろうか。

　たしかに、この概念を用いれば、カフカ作品の対話に見られる特徴的な構造の一部は説明可能だ。たとえば、筆者が分析して明らかにしたカフカのテクストの対話構造を例に考えてみよう。「反転」で説明できるのは、『木々』で提示される「雪の中の幹」（Baumstämme im Schnee）の２つの対立する様態である。『国道の子供たち』や『泉』で中心となるテーマや次元のずらしは、「そらし」にあたる。テクストに見られる同一言語行為の繰り返しは、そのような「反転」と「そらし」のための１つの手続きと位置づけることができる。しかし、両概念では説明しきれないものもある。それは、意味論レベルと言語相互行為レベル間の結束性の度合いのアンバランスである。その意味でこれが、カフカ作品の対話に共通する特有の特徴と言いうるかもしれない。

---

[1]　断片テクストなので、タイトルはつけられていない。西嶋（2001b）において、便宜的につけたタイトルである。

ところで、カフカ作品の対話の中には、ある登場人物の意志や期待などの思考内容を語り手以外の他の登場人物が描写し、それが対話を展開させる原動力になると考えられるものがある。語りにおいては一般に、ある登場人物の内面世界は、1人称か3人称によって描写される。すなわち、前者では1人称で表わされる人物が自らの思考内容を語り、後者では語り手が登場人物の思考内容を代弁するわけである（cf. Stanzel, 1985）。しかし、カフカの書いた対話の中には、このルールに違反し、2人称の相手の思考内容を断定的に発言するものがある。これを、本書では、「お見通し発言」（durchschauende Äußerung）と呼んでいる。

2. 作品分析

2.1. ある断片テクストの分析

　「お見通し発言」と特徴づけられる構造をもつものとして、たとえば、次の断片テクストを挙げることができる。このテクストは断片として集められている遺稿の1つで、タイトルがない。そこで、テクスト内で言及されている語の「笛」（Flöte）に注目し、本書ではこのテクストを仮に『笛』（*Die Flöte*）と呼ぶことにする。まず、そのテクストを引用する（下線は論者による）。なお、説明をわかりやすくするために各発話に番号を付し、交互に話す人物2人を順にAとBとする[2]。

(1) 　A: „Auf diesem Stück gekrümmten Wurzelholzes <u>willst</u> Du jetzt Flöte spielen?"

(2) 　B: „Ich hätte nicht daran <u>gedacht</u>, nur weil Du es <u>erwartest</u>, <u>will</u> ich es tun."

(3) 　A: „Ich <u>erwarte</u> es?"

2　もちろん、同一個人による「会話」という理解も可能であるが、本稿ではその立場はとらない。

(4) B: „Ja, denn im Anblick meiner Hände <u>sagst Du Dir</u>, daß kein Holz widerstehen kann, nach meinem <u>Willen</u> zu tönen."
(5) A: „Du hast Recht."

(Konvolut 1920, p. 358)

(1) 「きみは、この曲りくねった根っこを使って、みごとに笛を吹いてみせるというのかね？」
(2) 「ぼく自身はそんなことを思ってもみなかったのだが、きみが期待しているから、ただそのために吹いてみるつもりだ」
(3) 「ぼくが期待してるって？」
(4) 「そうだ、きみはぼくの手を見て、どんな木片でも抗しきれず、ぼくの意のままに鳴らざるをえないだろう、と内心思っているのではないか」
(5) 「きみの言うとおりだ」

（飛鷹 節訳：p. 261-262）

　この断片の発話の主語としては、人称代名詞「きみ」（Du）と「ぼく」（Ich）しか出現していないことから、2者間の会話であるとさしあたり規定できる[3]。

　(1) は、平叙文の形式をとっているが、文末の疑問符から、問いかけの機能をもつ理解できる。*Auf diesem Stück gekrümmten Wurzelholze*s（この曲がりくねった根っこを使って）という句に含まれる指示代名詞 *diesem* が空間的近接関係を表わすので、この発話の主語 *Du* は、明らかに眼前の相手を指示している。したがってこの発話は、近くにある特定の対象物に関して眼前にいる相手（Du）に対して *Flöte spielen*（笛を吹く）意志の有無

3　この発話は、『考証資料集』（*Apparatband*）によれば、草稿の段階で次の表現が削除された後、書かれたらしい：„Nur weil Du davon überzeugt bist, dass es gelingen muss, will ich es tun, sonst"。この表現における *davon überzeugt bist* も思考表現であることには変わりない。

を確認しようとしていると考えられる。

　(2) は、2つの主文からなる。前半部の主文に含まれる *daran*（そんなことを）は、(1) の命題［Bによる *Flöte spielen*］を受けている。それが (2) の前半部で否定されていることから、(1) で問われた *Flöte spielen* するBの意志は (2) の発言者Bにはもともとなかったことが明らかにされる。ところが、後半の文では、発話者のBが *Flöte spielen* することを (1) の話者Aが期待しているという理由を挙げ、その理由に基づいてそれを実行しようという意図を述べる。ここで問題となることがある。根拠づけの副文（従属節）の内容は、発話者Bが *Flöte spielen* することを会話相手のAが期待しているというものである。相手の期待を当該人物以外の者が描写しているので、ここでは明確な形で「お見通し発言」がなされているわけだ。

　(3) は平叙文であるが、(1) と同様に、末尾の疑問符から問いかけという機能をもつことがわかる。発話文に含まれる代名詞 *es* は、(2) におけるBによる *Flöte spielen* を表わし、理由として述べているAの期待を疑問に付している。(2) においてBが根拠として提示しているのは、話者Aの思考内容である。Aは (2) でいわば勝手に自己の考えを提示されたので、換言すれば、「お見通し」されたことに対して、それを疑問に付しているのである。

　(4) は、(3) の問いかけを肯定し、その根拠として、相手Aが考えているとされる期待の内容をさらに具体的に説明している。これは、(2) と同じ問題をはらむ。当該人物A以外の人物BがAの内面世界に立ち入り、その意思を叙述しているわけで、相手の考えは「お見通し」であることを述べていることになる。

　最後に (5) では、(4) で提示された根拠により、(3) で疑問に付した内容［Bによる *Flöte spielen*］をAが認める。そこで、この会話断片は終わる。

2.2. 思考表現語彙と行為主体

　このテクストには、理由を導く接続詞 *weil* や *denn*、相手の質問に対す

る肯定の答えを表わす *Ja* や *Du hast recht* が含まれている。これらの表現は、一般に議論などの説得を目的にする談話で使用される。その意味でこの会話は、論弁性（Argumentativität, argumentativity）が高く、相手を説得するタイプに属する相互行為であることがわかる（cf. Marui, 1995; 丸井, 2006）。すなわち、会話参与者間の言語相互行為という観点からすると、この会話は、使用される表現形式や行為連鎖に関して結束性がきわめて高いということである。その点ではたしかに、形式的に相互行為が成立している。ところが、意味論レベルでは、奇妙な事態が提示されている。すなわち、不可知のはずの相手の内面世界が断定的に表現されているのだ。

この展開を支えているのは、*willst, will, Willen, daran gedacht, erwartest, erwarte, sagst Du Dir* といった意味論的に関連する語彙である。これらはすべて、意志、思考、期待といったような思考内容を表現する語彙である。これらをここでは思考表現と呼んでおこう。上記の会話では、これらの多くが主語としての２人称代名詞 *Du* と結びつけられている点に注意しなければならない。

・主語による分布

Du	Ich
(1)（…）willst Du（…）Flöte spielen?	(2) Ich hätte（…）daran gedacht
(2)（…）weil Du es erwartest	(2)（…）will ich es tun
	(3) Ich erwarte es?
(4)（…）sagst Du Dir,（…）	(4)（…）nach meinen Willen zu tönen

文芸テクストの語り手による叙述は別として、これらの動詞は、平叙文に組み込まれた場合、その主語として１人称と結びつくのが普通である。２人称で表わされる登場人物の思考内容については、その人物がそれを明らかにしない限り、それ以外の登場人物はその内容を知る手段を持たないからである。(2) の後半文と (4) ではそれぞれ *erwartest, sagst Du Dir* とい

う思考表現が使われている。これらは理由を導く節に埋め込まれているので、その内容は自明のこととして提示されているが、その主語は2人称なので、奇妙ではある。すなわち、内面世界にかかわる思考内容を断定的に提示できるのは、その思考を行なっている当該人物でなければならないので、上記の2つ発話文は本来なら奇妙な表現ということになる[4]。もちろん、このような思考動詞でも2人称が主語に立つことがある。それは疑問文という形をとることによって相手の思考内容を尋ねたり、確認したりするという場合である。上例の会話では、(1)がそれにあたる。もしくは、推量を表す副詞をもちいて相手の思考内容を推測という形式で提示することも可能ではある。

　文芸技法として語り手が登場人物の内面に介入し、それを叙述することはある。しかし、登場人物という点で同じレベルに属するはずの人物が、会話相手の私的領域の内面世界に介入し、それを叙述するというのは日常的な会話としては通常ありえない。そこには非日常的な何かが起こっている、もしくは、何らかの戦略としてその表現が用いられていると考えていいだろう。

3. 展開の技法

3.1. 「お見通し発言」による対話展開

　この会話の展開をまとめてみよう。(1)でAは、*Du* で指示される相手Bに対して、*Flöte spielen*（笛を吹く）する意思の有無を問う。(1)の前には先行する発話がないので、この発話は唐突に響く。その唐突さは、次の(2)の応答からもわかる。(2)でBはまず、その指摘された意思の内容

---

[4] すでに指摘したように、ドイツ語にはあてはまらないが、日本語について言えば、感情形容詞や思考動詞などは人物の私的領域にかかわるので、それを断定的に述べる場合は人称の制限が課される (益岡, 1997; cf. ザトラウスキー, 2003)。この人称制限による翻訳への影響については、第8章で論じる。

がもともと自分になく、想定外であることを明らかにする（前半部：2a）。ところが、次に［Ｂによる *Flöte spielen*］をＡが期待しているということを根拠として提示し（後半部：2b）、それに基づいてＢは自分の意思として *Flöte spielen* することを表明する。この部分も一方的である。何の脈絡もなく相手の私的領域にかかわる期待に言及するからである。その唐突さは、(3)のほぼ鸚鵡返しの反応（いわゆるエコー）でも知ることができる。(3)でＡは、［Ｂによる *Flöte spielen*］をＡが期待しているというＢの指摘をＡは疑問に付す。(4)でＢは、その疑問に対して、その根拠を具体的に提示する。それは、どんな木片もＢの意志どおり音を出せるとＡが考えていると断定する内容である（ただし、日本語訳では必ずしもそうなっていない）。これも相手の私的領域に属する思考内容を述べている。ところが、(5)でＡは、Ｂの根拠提示を承認し、そこで会話は終わる。

　会話の連鎖としてまとめると、次のようになろう：

> Ａ: (1)「相手Ｂの笛を吹くという意図の確認」
> 　　↓
> Ｂ: (2)「意図の否定」(2a) ＋「相手Ａの期待を根拠として新たに
> 　　　Ｂ本人による意図表明」(2b)
> 　　↓
> Ａ: (3)「期待に対する疑問提示」
> 　　↓
> Ｂ: (4)「具体的根拠提示」
> 　　↓
> Ａ: (5)「納得表明」。

　以上のような展開をこの会話は実現している。すなわち、この会話の特徴は、相手の思考内容に立ち入り、それを先取りして提示し、それによって相手の反応を引き出すというパタンの繰り返しにあると考えることができる。

このテクストのやりとりで明らかになることは、表層上のテーマが、出発点となる［Bによる *Flöte spielen*］の意図の有無からAの［Bによる *Flöte spielen*］の期待の有無へと移行している点である。テーマが変化した結果、［Bによる *Flöte spielen*］が中心から離れてしまう[5]。相手の考えは「お見通し」であることを明示することによって、「お見通し発言」の役割に注目させる働きをもつ。結局のところ、この会話では、BはAが期待しているから、笛を吹いてやろうという帰結を示唆する。

3.2. ノイマンの概念装置との関連

さて、上記のテクスト分析で得られた「お見通し発言」の技法は、1.1.で触れたノイマンの一般的な概念装置で説明できるであろうか。上記の会話では、双方が「お見通し発言」を行なうことで、話題とその中心人物が変化する。すなわち、AによるBの思考内容（意図）に関する問いかけから、BによるAの思考内容（期待）の叙述に変化している。問いかけのベクトルが逆転しているので、この会話は「反転」という範疇におさまる現象だと見ることができる。その「反転」によって、［Bによる *Flöte spielen*］というBの意図から［Bによる *Flöte spielen*］へのAの期待へとテーマが移行している。これは、テーマのずらしが行なわれていると言っていいので、「そらし」にあてはまる。したがって、この会話は、ノイマンの提出した2つの説明概念で説明可能な例と言える。

---

5 ここから、1つの可能な解釈の契機が生じる。モティーフは笛の演奏だが、これを書くことのメタファーと捉えることができよう。すると、意思のとおりに音楽を奏でるのと同様に、意思のとおりに書くことができるという内容を表わしていると解釈できる。ここにカフカの書くことへの考えを垣間見ることができるだろう。では、会話者間の関係は何か。読者と作家だろうか。とすれば、(1)、(3)、(5) は読者、(2) と (4) は作家と位置づけることが可能だ。作家は、読者の期待によって書くということになる。

4.「お見通し発言」の機能の仮説

　上のテクストで見たように、カフカのテクストに現われる会話の中には、「お見通し発言」とでも呼ぶべき、相手の思考内容の断定的叙述という奇妙な発話が現われる場合がある。それを本章では、基本的に会話を予期せぬ方向へと展開させる原理であり、カフカの作品創造のための技法と捉えた。

　現象だけに注目すると、たしかに上記の発話は文法的には許容される表現かもしれないが、日常的に考えれば、奇妙としか言いようがない。ところが、筆者が調べた範囲内で、この発話の認識論上の問題点について論じているカフカ研究はない。おそらく、解釈が優先されているために、その奇妙さが気づかれにくいのだろう。

　上記のテクストのような思考動詞の使用例を説明するために、一般的に言えば、少なくとも２つの方法がありうる。１つは、作品内の人間関係が言語表現に反映したという説明である。すなわち、上記の例が含まれるテクスト『笛』では、登場人物Ａとその相手Ｂの立場は同格ではなく、ＡはＢに対して支配者もしくは優位者と規定されうるため、それが会話として具現化したという考えである。この考えに基づけば、ＡがＢの考えを見通し、それを批判することも十分可能である。また、Ａの「お見通し発言」に対して反論しようとしない点にも注目すべきだろう。「お見通し」行為を当然のことと見なし、それが表わす関係を受け入れているからだ。

　他の１つは、非日常世界の構築のための言語操作によるものである。すなわち、テクストにあるような思考動詞による２人称表現の内面世界の断定的提示は、ある特殊な世界を作り出すための試みとして考案されたテクニックであるというものだ。カフカ作品一般について言えば、この両者が関与している可能性がある。通常の世界は、通常の言語使用によって描かれると考えるなら、非日常的な世界は、通常とは異なる言語使用によって描かれるはずである。あえて、日常次元の表現ルールを無視すれば、通常

とは異なる世界への入口に到達する可能性があるわけである。

5. おわりに：領分の越境による「お見通し発言」の意味

　本章で扱ったような会話には「お見通し発言」が含まれている。これは、相手の思考内容を断定的に叙述するものであり、日常的な言語使用としては奇妙である。この奇妙さをどう捉えるか。このような発話は、予言や催眠術といった場面は別として、日常的な会話では出現しない。したがって、これは非日常的な会話という解釈を示唆することになる。そうだとすれば、その後の展開には、少なくとも2つの可能性がある。「お見通し発言」を受け入れる場合と、それを疑問に付したり、否定する場合である。前者の場合は、「お見通し発言」を当然のこととして受け入れることになる。それが可能なのは、そのような関係がすでに前提されているからだ。これは、次章で分析する『判決』などの例があてはまる。その場合の1つの可能な説明は、相手に対して優位性を誇示する一種のレトリックとしての理解である。言葉によって相手を圧倒するわけだ。

　他方、後者では、そのような関係が前提とされず、自己の思考内容を語られた当該の人物は、その唐突さに驚くことになる。それによって、日常世界では考えられない方向で会話が展開する。そのような展開は、相手との関係自体を見直させる働きをもつ。当たり前とされた異なる個人間の関係を疑問視し、相対化させる可能性をはらんでいるからだ。また、これはさらに、異なる個人間の関係だけでなく、同一個人内の分裂した2つの自己の会話と捉えることも十分可能である。一個人の中に複数の自己がありうるという世界を構築するためにも利用できるだろう。

　以上をまとめてみよう：

　　説明の可能性：(a)「お見通し発言」を受け入れる場合
　　　　　　　　　「お見通し発言」が可能な関係が前提されている

　　　　　もしくは相手に対する優位性を誇示・確認する
　　(b)「お見通し発言」を受け入れない場合（疑問、否定）
　　　　　問題状況の前景化：関係の新たな規定
　　　　　　　　非日常世界の創出
　　　　　　　　　（２人称の思考内容表現の多用）

　本章で取り挙げた「お見通し発言」は、断片テクスト『笛』に関して言えば、基本的に会話を予期せぬ方向へと展開させる原理であり、カフカの作品創造のための技法の一種と捉えられる。他方、次章で観察する『判決』では、「お見通し発言」が相手への支配力を誇示する手段として解釈されることになる。

第2章　優位性の確立（1）
——短編作品『判決』と『流刑地にて』の証例——

0.　はじめに

　前章では、登場人物間の領分を越えた発話である「お見通し発言」による会話展開の用例を見た。本章と次章では、会話相手に対して優位性誇示の機能を有する用例を観察する。まず、本章では、構造的に似ているとされる短編『判決』と『流刑地にて』の2編を対象に分析する。続く第3章では長編『訴訟（審判）』と『城』の2編を扱う。

1.　短編集出版の企画

1.1.　背景

　カフカは『判決』（*Das Urteil*）と『変身』（*Die Verwandlung*）という2編の短編小説に、もう1編の作品を加えて、3編からなる短編小説集の出版を考えていた。当初は、『火夫』（*Der Heizer*）を加えて「息子たち」（Die Söhne）というタイトルの小説集を出版者のクルト・ヴォルフ（Kurt Wolff）に提案していた。ところが、後に、『火夫』が独立して単行本として出版されることになったため、この企画は頓挫した。そこで、今度は『火夫』のかわりに『流刑地にて』（*In der Strafkolonie*）を加えて「刑罰」（Strafen）という表題での短編集の出版を同じ出版社にもちかけた。この計画も『判決』が単独で出版される可能性が出てきたので、それを優先し、

短編集の出版計画を取り下げることになった（Binder, 1975: p. 156, 158, 175f.）。

　このようにカフカが3つの短編をまとめて「息子たち」ないし「刑罰」というタイトルの作品集として出版を計画していたということは、これらの作品が形式的にないし内容的に関連しているということを意味する。その関連性について、たとえば、出版者クルト・ヴォルフ宛の1913年4月11日付けのカフカの手紙には次のよう書かれている。

》Der Heizer《, 》die Verwandlung《 （…） und das 》Urteil《 gehören äußerlich und innerlich zusammen, es besteht zwischen ihnen eine offenbare und noch mehr eine geheime Verbindung, auf deren Darstellung durch Zusammenfassung in einem etwa 》Die Söhne《 betitelten Buch ich nicht verzichten möchte.　　　　　　　　　　　　　　　　　（*Briefe*, p. 116）

（試訳：『火夫』と『変身』（…）それに『判決』は、外面的にも内面的にも緊密な関係を有しています。これらの間には、明白で、そしてそれにもまして隠された結びつきがあります。それを、たとえば「息子たち」というタイトルをつけた1冊の本にまとめることで表現することを私はあきらめたくはありません。）

　「息子たち」というタイトルでまとめようとしている3編の作品『火夫』・『判決』・『変身』は、上掲の手紙で記述されているように、たしかに父と息子の関係が共通に、しかもそれぞれのやり方で扱われている。

　他方、『判決』・『変身』・『流刑地にて』を1冊にまとめる場合は「刑罰」という作品集のタイトルをカフカは考えていた。出版者クルト・ヴォルフ宛の手紙にはそのことが次のように書かれている。

Zunächst war （…） die Rede, （…） sondern von einem Novellenband 》Strafen《 （Urteil – Verwandlung – Strafkolonie）, dessen Herausgabe mir Herr Wolff schon vor langer Zeit in Aussicht gestellt hat. Diese

Geschichten geben eine gewisse Einheit, auch wäre natürlich ein Novellenband eine ansehnlichere Veröffentlichung gewesen, als die Hefte des »Jüngsten Tag«, trotzdem wollte ich sehr gerne auf den Band verzichten, wenn mir die Möglichkeit erschien, daß das »Urteil« in einem besonderen Heft herausgegeben werden könnte. （*Briefe*, p. 148f.）
（試訳：当初話していたのは、(…) 短編集「刑罰」(『判決』―『変身』―『流刑地』)でした。その出版をヴォルフ氏は、すでにだいぶ前に約束してくれました。これらの物語にはある種の一致がありますし、短編集になった場合は、当然ながら、「最後の日」の冊子よりも堂々とした出版物になっていたことでしょう。それにもかかわらず、私は、もし『判決』が特別の１冊として出版される可能性があるとすれば、この短編集の出版を喜んであきらめましょう。）

たしかに、『判決』と『変身』では、父と息子との対立が描かれ、父が息子に「刑罰」を与え、その結果、息子は死んでしまう。しかし、これらの父と息子の対立がテーマになった作品と違って、『流刑地にて』では「刑罰」が士官（Offizier）に対してなされ、自慢の処刑機械によって処刑されてしまう。すなわち、ここでは父と息子という実質的な血縁関係に基づく対立は認められない。背景には、後で詳しく見るように、むしろ抽象化された前・現司令官の対立関係があるようだ（cf. 伊藤, 1980）。

本章で問題とするのは、このような短編集の出版計画の背景にある作品間の関連性である。とりわけ、筆者が関心をもつのは、両短編集出版企画の共通基盤となっている２つの短編『判決』と『変身』の形式的・内容的関連性である。この２作品では、登場人物間において権力ないし支配力の差が存在し、さらにそれが登場人物間で移動するという現象が見てとれる。その観点からすると、構造的に両者と同じく権力関係の差とその移動が認められるのは、『火夫』よりも『流刑地にて』が顕著である。しかも、権力の移動があった後、刑罰による死が伴うという点でも『流刑地にて』との共通点が見られる。そこで、本章では「刑罰」というタイトルで短編集

の出版が企画された3編（『判決』・『変身』・『流刑地にて』）に関心の方向を限定する。

　ところで、「刑罰」というタイトルで関連づけられる3短編だが、『変身』が独立した1冊として出版されると、残るのは『判決』と『流刑地にて』ということになる。この2つの作品をまとめて出版することについて、カフカは反対していた。出版者のクルト・ヴォルフ宛の1916年8月19日付けの手紙にその件がある。

> Hinzufügen möchte ich nur, daß »Urteil« und »Strafkolonie« nach meinem Gefühl eine abscheuliche Verbindung ergeben würden; »Verwandlung« könnte immerhin zwischen ihnen vermitteln; ohne sie aber hieße es wirklich zwei fremde Köpfe mit Gewald gegen einander schlagen.
>
> (*Briefe*, p. 149)
>
> （試訳：付け加えておきたいことは、『判決』と『流刑地』は、私の感覚によると、いやな結びつけを引き起こすことになるということだけです。『変身』があれば、それなら何とかこの2作品を仲介してくれるでしょう。しかしそれがないとすると、本当に2つの見知らぬ頭どうしを互いに力ずくでぶつけあうことになります。）

　両作品は、構造的に似ているように見えるが、それらを『変身』なしで1冊の本に収めるのは、「いやな結びつけ（abscheuliche Verbindung）」と述べている。これはどういうことなのか。両者は、相互に関連があるはずなのに、「本当に2つの見知らぬ頭どうしを互いに力ずくでぶつけあう（wirklich zwei fremde Köpfe mit Gewald gegen einander schlagen）」とは具体的にはどのようなことなのか。

1.2.　問題設定

　本節では、『判決』と『流刑地にて』の両作品に構造的類似性があることを登場人物間の支配力の差の存在、その移動およびその変化の「お見通

し発言」による具現化という観点から検証する。

　まず、『判決』の「お見通し発言」を言語学的に分析し、それによって、この作品では登場人物間で支配力に差があり、その移動が行なわれ、その移動を明示する言語手段に「お見通し発言」が使用されていることを明らかにする。次に、「刑罰」というタイトルで出版が計画されていた他の短編においても同じように支配力の移動がなされ、それを象徴する言語手段として「お見通し発言」が有効に働いているかどうかを検証する。もう1編『変身』もこの点で共通しているとするなら、同種の対立が存在し、支配力を持つ登場人物が前半と後半で異なるはずである。たしかに、前段で弱弱しく見えた父が、後段で強者に変身する。その発話には、「お見通し発言」が出現している可能性がある。しかし、『変身』では主要登場人物の1人であるグレーゴル（Gregor）は虫に変身してしまっているので、他の登場人物が理解可能な言語を話していない[1]。ということは、「お見通し発言」を使用する機会がないということになる。事実、『変身』では「お見通し発言」は出現していないことが確認されている（西嶋、2008b）。しかしながら、「お見通し」行為を表わす動詞 durchschauen の使用例が2つ見つかっている。これについては、第7章で再び取り上げる。

　以上のことから、本章で対象とする短編は、『判決』と『流刑地にて』の2編である。

2.『判決』における「お見通し発言」

　序章においてすでに『判決』（*Das Urteil*）に認められた「お見通し発言」

---

[1] グレーゴルが、人間の理解できない言葉を話していることは次の専務（Prokurist）のコメントから窺える：
　„Haben Sie auch nur ein Wort verstanden?" fragte der Prokurist die Eltern, „er macht sich doch wohl nicht einen Narren aus uns?" (*Die Verwandlung*, p. 131)
　「一言でもわかりましたか？」と専務は両親にたずねていた、「われわれをなぶっているのではあるまいか？」（川村二郎訳『変身』、p. 55）

の例を見たが、本章ではその当該個所を再掲し、『流刑地にて』に出現する例と比較するために、より詳しく分析しておく。

2.1. テクスト提示

次の発話（1）は、カフカの小説『判決』からとったものである。（2）および（3）は該当部分の日本語訳と英語訳である（翻訳を含めて、使用する文献は巻末の「使用テクスト」を参照のこと）。

(1) „<u>Du denkst</u>, du hast noch die Kraft, hierher zu kommen und hältst dich bloß zurück, weil du so willst." (*Das Urteil*. p. 58. 下線は論者による。以下同様)

(2)「おまえは、自分にはここへ来る力がまだある、自制しているのは自分がそう望んでいるからだ、<u>と思っている</u>。」（円子修平訳『判決』: p. 43)

(3) "<u>You think</u> you have strength enough to come over here and that you're only hanging back of your own accord. (…) " (*The Judgment*, p. 86)

どことなくおかしいと感じられる発話である。その奇妙さは、2人称代名詞と思考動詞が組み合わされ、断定的に会話相手の内面世界である思考内容が表現されていることによる（下線部参照）。いわゆる全知の語り手は別として、通常、物語内の会話においても、登場人物は認識論的に他者の内面は見通せないので、そのような行為は現実問題として不可能だからだ。とりわけ日本語には人称制限があるため、「ル形」（いわゆる終止形）の代わりに「テイル形」が用いられ、その「奇妙さ」が回避されている[2]。しかし、上記の発話を問いかけ表現にすれば、そのような「奇妙さ」を回避することができる。事実、別の翻訳では問いかけの形で訳し、「奇妙さ」

---

[2] 人称制限については、18ページで触れている。第8章では、人称制限の日本語訳への影響について論じている。

が明確に伝わらないようにしてあるものもある。

(4)「近づく力はあるんだが、わざと近づかないだけだと<u>思っているな。そうだろう。</u>」(池内 紀訳, p. 50)

問いかけにより、相手の考えを断定するのではなく、確認しようとすることになるからである。しかし、本節の冒頭で引用した発話は、疑問文ではなく、相手の思考内容を断定的に表現していることは明らかだ。少なくとも、日常的レベルでは奇妙な発話に見える。本書では、すでに述べているように、このような奇妙な発言を、相手の思考内容を見通し、それを提示していることから、「お見通し発言」と呼ぶことにしたわけである。

上記の引用は、カフカの『判決』という短編小説からとった発話である。適切な文脈に置かれると、この「奇妙さ」は有意味なものとなるようだ。この小説は、いわゆる3人称小説である。語り手が、登場人物の行動や言動を説明するという形式をとっている。主な登場人物は、ゲオルクと父親である。ここで簡単にその内容を紹介しておく。

ゲオルクは自分の部屋でロシアに住む友人に手紙を書き、ある女性と婚約したことを報告する。そして、その手紙をもって父親の部屋にいく。父親に友人の話をし始めると、それまで弱弱しかった父親が急に元気になり、ゲオルクの言動を批判し、あげくに死刑の判決をくだす。その指示をうけ、ゲオルクは外に出ると、橋から川に飛び込むという内容だ。この話は、大きく分けると3つの場面からなる。(1) ゲオルクの部屋、(2) 父親の部屋、(3) 屋外。興味深いのは、部屋という空間の移動により、描写のパースペクティブ(視点)が変わる点だ。(1) の場面では、ゲオルクが3人称で描写され、その視点から友人や父親などのことが語られる。(2) では、ゲオルクと父親の会話が中心となる。父親の発話は、(1) で描かれた事実関係を相対化し、それとは異なる観点から事態が描かれる。父親という新たなパースペクティブが導入されたからだ。2つの異なるパースペクティブどうしの対立が起きたのである。しかも、パースペクティブの違いは、ゲ

オルクと父親の立場あるいは役割の違いを反映し、両者が対等な関係にないことを表わしているようだ。

2.2. 次元の異なる2人

父親とゲオルクは、登場人物として同格の地位にいるわけではない。そのことは、2.1. で引用した発話が明らかにしている。それの前後のコンテクストをつけて引用する：

(5) „Jetzt wird er sich vorbeugen", dachte Georg, „wenn er fiele und zerschmetterte!" Dieses Wort durchzischte seinen Kopf. Der Vater beugte sich vor, fiel aber nicht. Da Georg sich nicht näherte, wie er erwartet hatte, erhob er sich wieder. „Bleib', wo du bist, ich brauche dich nicht! Du denkst, du hast noch die Kraft, hierher zu kommen und hältst dich bloß zurück, weil du so willst. Daß du dich nicht irrst! Ich bin noch immer der viel Stärkere. (...) «

(*Das Urteil*, p. 58)

(6) こんどは身体を屈めてみせるぞ、とゲオルクは思った、転がり落ちてこなごなに砕けてしまえ！ この言葉が彼の頭のなかをシュッと音をたててつきぬけて行った。父は身体を屈めた、が、転がり落ちはしなかった。ゲオルクが期待に反して近づかなかったので、彼はまたまっすぐに立った。「そこにじっとしているがいい、わしはおまえなど要らない！ おまえは、自分にはここへ来る力がまだある、自制しているのは自分がそう望んでいるからだ、と思っている。思い違いはしないがいい。いまだってわしのほうがはるかに強いのだ。・・・」

（円子修平訳『判決』, p. 43)

すでに述べたように、この小説はいわゆる3人称小説である。語り手

が登場人物の行動を語るという形式をとっている。一般に、語りは1人称か3人称形式でなされるのが普通である。前者では、登場人物の1人が語り手を兼ね、語り手が自らの思考や感情を通して物語るという形式をとる。ところが、後者では、登場人物以外のいわゆる全知の語り手ないし局外の語り手（auktrialer Erzähler）が想定され、その語り手が登場人物の行動を語るという形式をとるわけである（Stanzel, 1985）。その際、この語り手には特別な地位が与えられる。登場人物の思考や感情を見通すことができ、それを表現するという役割をもつからである。すべてを見通すことができる全知全能の「神」のような特別な地位を与えられているわけだ。他者の思考内容などを見通せ、その内面について断定的に表現できるのは、特別な存在、超越的な存在でしか不可能だからである。

　この点を上記の例で確認しておこう。引用1行目の表現のあとに *dachte Georg*（ゲオルクは思った）という説明句が挿入されている（下線部参照）。これは、ゲオルクという登場人物の考えた内容だということを説明する。こう説明するのが語り手で、登場人物のゲオルクやその父親とは異なる次元にいる。この語り手によって、登場人物の考えや感情などが説明されるわけである。その意味で、この語り手は登場人物の内面世界を見通せる特別な機能をもっていることがわかる。

　ところが、上記の例では、登場人物の1人である父親が、局外の語り手のような発言をしている点が注目される（引用下部の下線部参照）。父親は会話相手の息子の内面世界を断定的に表現している。明らかに息子の思考内容を見通しているわけだ。しかし、すでに述べたように、同じ次元にいるはずの登場人物の1人が別の登場人物の内面世界を断定的に言明することは普通ではない。まさに日常的なルールが破られているのだ。この発言は、父親とゲオルクは同格に扱われていないことを反映していると考えるのが自然な解釈だろう。そう考えれば、「奇妙さ」は解消される[3]。

3　日常的な親子間の会話ではなく、個人の内面が分裂し、それが人格化した会話という想定がありうる。しかし、本書では立ち入らない。エディプス・コンプレックスなど精神分析学に基づく解釈については、Sokel（1976）を参照。

2.3. 「お見通し発言」の優位性誇示機能

　前節では、『判決』における「お見通し発言」の用例を観察した。そこでは、ゲオルクとその父親の立場は同格ではなく、父はゲオルクに対して支配者と規定されうるため、それが会話として「お見通し発言」が現出したと考えられる。この考えに基づけば、父親がゲオルクの考えを見通し、それを批判することも十分可能である。また、父親の「お見通し発言」に対して反論しようとしない点にも注目すべきだろう。「お見通し」行為を当然のことと見なし、それが表わす関係を当たり前のこととして受け入れているからだ。次節では、『判決』と構造的に類似する点の多い『流刑地にて』の用例を観察する。

3. 『流刑地にて』における「お見通し発言」

　本節では、関連する3短編作品の1つである『流刑地にて』を調査対象として分析する。『流刑地にて』では、前段と後段とで主要登場人物間の力関係に変化が見て取れる。その変化は「お見通し発言」の使用によって効果的に提示されているように思われる。これを検証し、さらにその用法を分析するのが本節の目的である。

3.1. 『判決』と『流刑地にて』の構造的類似性
3.1.1. 『判決』の構造

　『流刑地にて』と比較するために、『判決』の物語をもう一度確認しておく。『判決』の主要登場人物は、ゲオルクとその父である。ゲオルクは、自分の部屋でロシアにいる友人に婚約したことを告げる手紙を書いている。その手紙を手に、父親の部屋に行く。父親に手紙の話をすると、それまで病気で弱って寝ていたはずの父親は急に元気になり、ゲオルクのこれまでの行動を批判し始める。そして、父親はゲオルクに死刑判決を下す。その

結果、ゲオルクは外に出て橋から川に飛び込む。

　物語は、3つのシーンから構成されている：(1) ゲオルクの部屋、(2) 父の部屋、そして (3) 屋外である。興味深いのは、語りの視点が場面ごとに変化する点である。シーン (1) では、行動はゲオルクの視点から3人称形式（Er-Form）で語られる。シーン (2) では、ゲオルクと父との対話が中心となり、シーン (1) でゲオルクによって語られた事態は父の発話によって相対化される。ここで2つの視点が対立することになる。視点の対立は、両登場人物間の役割や地位の違いを反映する。すなわち、存在レベルに差があることを暗示している。

3.1.2. 『流刑地にて』の構造

　『流刑地にて』の主な登場人物は、士官（Offizier）、研究旅行者（Forschungsreisender）、兵士（Soldat）、囚人（Verurteilter）の4名である。この他に、対話の中で言及される存在として、現司令官（Kommandant）とその前任者で、すでに亡くなっている前司令官がいる。作品内で、まともな対話がなされるのは士官と旅行者の2人だけである。主要登場人物は、したがって、処刑を行なう士官とそれを見学に来た旅行者である。現行の処刑システムを考案したのは、すでに亡くなっている前司令官だが、現司令官はそれに反対の立場をとっている。その意味で両者は対立していると言える。主要登場人物の士官は、前司令官のシステムを引き継いで実行しているので、いわばその代理人として登場していると言っていいだろう。他方、もう一方の主要登場人物である旅行者は、現司令官によって派遣されてきているので、その代理と見なすことができるだろう。そう考えていいなら、新旧2名の司令官の対立が士官と旅行者の代理による対立になっていることがわかる（伊藤, 1980: 119f.）。

　まず、物語の前半部は、士官による処刑システムの解説で始まる。自信満々で説明するが、しだいに現司令官からは支持が得られていないことが明らかになる。そこで、自分の立場に支持が得られるように旅行者にある行動をとるよう断定的に協力を持ち掛ける。ところが、その要求を旅行者

は拒絶する。そして、旅行者は、相手である士官が自分の行動を断定的に話してきた内容を否定して、自ら意図を明らかにする。すると、士官は囚人を解放して、自らをその機械にかけ、処刑される。

3.1.3. 両作品の平行性
『判決』と『流刑地にて』の両作品とも、大きく前段と後段の2つの部分に分けて考えることができよう。前段は、支配力を保持しているように見えるゲオルクと士官の独擅場である。後段は、前段では病弱だった父と積極的でなかった旅行者が逆に力を発揮する。その結果、ゲオルクと士官は「刑罰」を受けて死ぬはめになる。『判決』では、父と子の支配力の対立とその移動が認められるが、『流刑地にて』では、その支配力の対立とその移動が、血縁という次元を超え、より抽象的な形で実現していると見なすことができる。

3.1.4. 先行研究
『流刑地にて』に関する文芸学的研究はきわめて多い。ところが、これを言語学的に分析した報告はほとんどなされていない。最近では記号論の立場からの研究（菅野, 2006）が新たな地平を拓いているという点でとりわけ注目される。しかし、本書の分析対象である「お見通し発言」といったような特殊な表現に着目してこの作品を分析した研究はこれまでなかった。

3.2. 方法
すでに見たように、『流刑地にて』の主要登場人物は、士官と研究旅行者の2名と言っていい。作品内で、まともな会話がなされるのは士官と旅行者の2人だけだからである。この2人の会話から2人称（Sie）を主語とする断定文をマークし、その中から、「お見通し発言」と見なされうる表現を抽出する。これを「お見通し発言」を分析するための材料とする。
調査は、士官と研究旅行者のそれぞれの発言での「お見通し発言」をそ

の出現場面と機能という観点から分析するという方法による。

3.3. 結果と考察

「お見通し発言」と見なすことができる発話が数箇所見つかった。以下、それらを抜書きしておく。そして、その部分の日本語訳と英語訳を参考に挙げておこう。まず、士官が現司令官の考えていることを述べている箇所を挙げる（下線は論者による。以下同様）。

> Seine Berechnung ist sorgfältig: Sie sind den zweiten Tag auf der Insel, Sie kannten den alten Kommandanten und seinen Gedankenkreis nicht, Sie sind in europäischen Anschauungen befangen, vielleicht sind Sie ein grundsätzlicher Gegner der Todesstrafe im allgemeinen und einer derartigen maschinellen Hinrichtungsart im besonderen, Sie sehen überdies, wie die Hinrichtung ohne öffentliche Anteilnahme, traurig, auf einer bereits etwas beschädigten Maschine vor sich geht – wäre es nun, alles dieses zusammengenommen (<u>so denkt der Kommandant</u>), nicht sehr leicht möglich, daß Sie mein Verfahren nicht für richtig halten? Und wenn Sie es nicht für richtig halten, werden Sie dies (<u>ich rede noch immer im Sinne des Kommandanten</u>) nicht verschweigen, denn Sie vertrauen doch gewiß Ihren vielerprobten Überzeugungen. Sie haben allerdings viele Eigentümlichkeiten vieler Völker gesehen und achten gelernt, Sie werden daher wahrscheinlich sich nicht mit ganzer Kraft, wie Sie es vielleicht in Ihrer Heimat tun würden, gegen das Verfahren aussprechen.
> 　　　　　　　　　　　　　　　　　　（*In der Strafkolonie*, p. 228）

上記テクスト中央部から下部にかけた部分に次の発話が見られる（下線部参照）。便宜的に番号をつけて再掲する。

1) (so denkt der Kommandant)

2) (ich rede noch immer im Sinne des Kommandanten)

　1) と 2) は、その主語がそれぞれ3人称と1人称なので「お見通し発言」とはいえない。「お見通し発言」は、定義上、2人称に関わるからである。しかし、両文とも司令官の考えを断定的に述べているという点で、発話者はあたかもすべてを知っているかのようにふるまっている。その意味で、支配力を誇示していると理解することができる。これらの表現は、ドイツ語ならば問題ないが、日本語では人称制限があるので、奇妙に聞こえてしまう可能性がある（cf. 益岡, 1997）。そのため、日本語訳では工夫がなされている。1つの日本語訳を見てみよう。

　　3) （と、司令官は考えたに<u>ちがいありません</u>）
　　4) （つまり、司令官が考えた<u>であろう</u>ことを申しているまでですが）
　　　（池内訳：p. 80）

　この池内訳を見るとわかるように、下線部の「ちがいありません」「であろう」というように推量を表現する形式が使用され、非断定化がなされている。他者の思考には立ち入れないと見なしているからであろう[4]。
　英語はどう訳されているのであろうか。

---

[4] 手元にある訳書から他の訳例を挙げておく。カッコ内の数字は当該箇所のページ数を表わしている（以下同様）。上の例では人称制限を解除するテイル形が用いられていることがわかる。翻訳との関係については本書第8章を参照のこと。
谷訳：　　（こう、司令官のほうは、算段しているのです）
　　　　　（自分は、ずっと、司令官のつもりになって、しゃべっているわけですが）
　　　　　(169)
原田訳：（そう司令官は考えているのです）
　　　　　（私は相変らず司令官の考えているままの意味でお話ししているのですが）(382)
円子訳：（と、司令官は考えているのです）
　　　　　（自分は依然として司令官の考えを言っているのですが）(147)

5) (so thinks the Commandant)
6) (I'm still speaking from the Commandant's point of view)（英語訳、p. 155）

　5）と6）の英語訳を見る限り、英語では日本語でのような非断定化といった配慮はなされていないことがわかる。
　次は、士官による「お見通し発言」と思われる箇所を抜書きする。この場面では、現司令官のところでとるであろう旅行者の行動が断定的に述べられる。

<u>Sie wollen eingreifen</u>, Sie haben nicht das gesagt, was er verkündet, Sie haben mein Verfahren nicht unmenschlich genannt, im Gegenteil, Ihrer tiefen Einsicht entsprechend, halten Sie es für das menschlichste und menschenwürdigste, Sie bewundern auch diese Maschinerie – aber es ist zu spät; Sie kommen gar nicht auf den Balkon, der schon voll Damen ist; <u>Sie wollen sich bemerkbar machen; Sie wollen schreien</u>; aber eine Damenhand hält Ihnen den Mund zu – und ich und das Werk des alten Kommandanten sind verloren.（p. 229f.）

　旅行者に対して、下線部の箇所でその行動を断定的に表現している。下線部分を抜き出してみよう。

7) Sie wollen eingreifen
8) Sie wollen sich bemerkbar machen; Sie wollen schreien

　まず7）だが、この箇所は、現司令官のところで旅行者がとる行動を述べている。目の前にいる旅行者がとる行動を断定的に述べているので、これは「お見通し発言」と言える。翻訳は、日本語に直訳すると人称制限により奇妙に聞こえるので、9）のように「でしょう」という推量表現を使

って断定が巧妙に避けられている[5]。

 9) 「あなたは出ていって抗議なさる<u>でしょう</u>」（池内訳，p. 81）

英語の例も見てみよう。次の 10) のように英語訳でも、不確実な推量を表わす話法の助動詞 *may* を利用して、断定を避けていることがわかる。

 10) You <u>may</u> want to interpose（英語訳，p. 156）

 この場面の「お見通し発言」によって、士官は相手の行動を初めて断定的に述べているが、ここは旅行者に対して優越する士官の立場が明確になるところである。8) を日本語に訳す際、ドイツ語の「お見通し発言」に合わせて訳そうと努力したのが、次の 11) である。

 11) 「あなたは何とかしたい、大声で叫びたい」（池内訳，p. 82）

 話法の助動詞 *wollen* の意志表現をそのまま訳している。目の前にいる相手の意志を断言しているので、どうしても奇妙に感じられる訳文である[6]。

---

5 他の訳は次のとおり。
谷訳： 「抗議しようとなさる<u>でしょう</u>」(178)
原田訳： 「こんなふうにあなたは異議を申される<u>でしょう</u>」(383)
円子訳： 「あなたは抗議<u>なさろうとします</u>」(147)
池内訳以外でも、推量を表わす語句が付け加えられていることがわかる（下線部を参照）。それだけ、日本語としてはしっくりこない表現なのであろう。

6 同じく他の例を引用しておく。
谷訳： 「あなたは、なんとかして、人の目を惹こうとなさる<u>でしょう</u>。あなたが、大聲で、叫ぼうとなさっても、」(170)
原田訳： 「あなたはご自分にみんなの注意をひこうとされる<u>でしょう</u>。叫ぼうとされる<u>でしょう</u>」(383)
円子訳： 「あなたはご自分の存在を主張<u>なさろうとします</u>、叫<u>ぼうとなさいま</u>

他方、英語は上と同様に推量の *may* を利用して断定を回避している。

12) You may try to draw attention to yourself; You may want to scream out.（英語訳, p. 156）

士官は自分の立場を有利にするための算段を旅行者に話して聞かせ、その計画の実行に際し、援助してくれるのかどうか尋ねた後、次の 13) のように旅行者による援助を当然のことのように断定する：

13) Aber natürlich wollen Sie, mehr als das, Sie müssen.（p. 234f.）

日本語訳を見てみよう。ドイツ語に必ずしも対応した訳ではないが、それでも 14) のように、問いかけを用いることにより、断定を避けていることが分る[7]。

14) 「いや、援けないではいられない、そうなのではありませんか」
（池内訳, p. 87）

英語訳はどうであろうか。15) を見ると、意志を表わす表現がとられている。このような表現が可能なのは、日本語と違って人称制限がないから

す」（148）
ここでも、推量形が使われていることがわかる（下線部を参照）。
7　池内訳では、理由はわからないが、当該部分が訳文に現われていない。しかしながら、他の訳文をみると、下線部のように推量表現が使用されていることから、やはり日本語に合わせた訳が考えられていることがわかる：
谷訳：　「いや、むろん、加勢して下さる心組に違いありません。心組どころか、それこそ、あなたにとっても義務なのです」（174）
原田訳：　「でも、むろんお助け下さるものと思います」（385）
円子訳：　「いや、もちろんあなたはそうなさりたいご心境でしょう、それどころか、支援せずにいられないご心境なのでしょう」（151）

であろう。

 15) But of course you are willing.（英語訳，p. 159）

　当然のごとく、士官は旅行者に助けを求めた。ところが、旅行者はその要求を拒絶する。そして、旅行者は、士官が「お見通し発言」によって述べてきた自分の行動を、16) のように「私がしようとしていることをあなたはまだ知らない」と否定的に断言し、自分の意図を明らかにする。

 16) <u>Sie wissen noch nicht, was ich tun will</u>. Ich werde mein Ansicht über das Verfahren der Kommandanten zwar sagen, aber nicht in einer Sitzung.（p. 236）

　当該部分の日本語は、池内訳では 17) のようになっている。

 17)「これから自分がどうするかをお話しておきます」（池内訳，p. 89）

　この日本語訳で興味深いのは、ドイツ語とは異なる叙述視点（パースペクティブ）が選択されているということである。すなわち、旅行者は、相手である士官の内面については言及せずに、自分が話すという視点から訳されている。これも、ドイツ語の表現をそのまま訳すと日本語としては理解しにくい表現となる可能性があるので、巧みに避けた結果であろう[8]。

8　これについても他の訳文を挙げておく。
谷訳：　　「あなたには、私が何をしようと思っているのか、まだ、分っていません」（175）
原田訳：　「あなたは、私が何をしようとしているのか、まだおわかりになっていません」（386）
円子訳：　「わたしがどのように行動するか、まだお話ししていません」（151）
　前 2 者は、ドイツ語と同じ視点から訳されている。ところが、最後の発話は、

英語はどうであろうか。

18) You don't know yet what I mean to do.（英語訳, p. 160）

18) の英語訳を見る限り、ドイツ語にほぼ対応しているようである。

＊

　以上のように、7)・8)・13) では、士官が「お見通し発言」によって旅行者に対して優位な立場にいることが示される。ところが、その優位性は、旅行者による 16) の発言によって否定される。こうして、登場人物間の支配力の違いが「お見通し発言」によって明示的に提示されるという『判決』と同様の構造が見出された。

　『判決』では、息子と父の対立が基礎にある。前節で示唆したように、前段では息子のゲオルクが父に対して支配力をもっていることが示される。ところが、後段で実は支配力をもっているのは息子ではなく、父が息子に対して支配力をもっていることが明らかになり、最終的に父親の発言が息子に死刑判決を下すことになる（弱い父から強い父への転換）。

　他方、『流刑地にて』での対立関係にあると見なされるのは、士官と旅行者である。前段で士官がときおり「お見通し発言」を実行する。これは、対話相手に対して上位にあることを暗示する１つの手段とみなすことができる。ところが、後半部で、「下位」だと考えられていた旅行者が上位にあるはずの士官に対して支配力を提示する。その発言が結果として士官に死刑判決を下すことになる。弱い旅行者から強い旅行者への転換と言えよう。

池内訳と同様に、相手ではなく、自分の視点から説明している。この訳に現われた表現視点の違いは、言語ごとに好まれるスタイルという視点から、今後検討してみる価値がある。

4. おわりに

　本章で明らかにしたように、『判決』と同様に『流刑地にて』においても支配力が登場人物間で差があり、なおかつ、それが「移動」する。そして、その結果として、前段において1人の登場人物によって「弱者」扱いされていた別の登場人物が、後段になると「強権」を発動し、前者に「刑罰」を科すことになる。
　次章以降では、長編作品における「お見通し発言」を見ることにしよう。

第3章　優位性の確立（2）
——長編作品『訴訟（審判）』と『城』の証例——

0.　はじめに

　前章では、カフカの作品内の会話において、ある登場人物が別の登場人物に対して力関係において自分のほうが優位な立場にあることを誇示する場面があり、その優位性誇示の手段として、対話相手の思考内容という内面世界に立ち入り、それを断定的に言語化する「お見通し発言」が用いられる用例を2つの短編で観察した。本章では、さらに、分析対象を長編に拡大し、カフカの未完の長編小説『訴訟（審判）』（*Der Proceß*）と『城』（*Das Schloß*）における「お見通し発言」の使用例を調査し、その用法を分析する。それによって、すでに分析されている短編2作品と同様に、長編『訴訟』および『城』についても「お見通し発言」が登場人物間の対話において、権力の誇示や確認または権力の移動に関して一定の役割を演じていることを示し、「お見通し発言」がカフカ作品を特徴づける表現技法の1つと位置づけられることを論証する。

1.　『訴訟』と「お見通し発言」

1.1.　目的
　カフカの未完の長編作品『訴訟（審判）』[1]は、主人公のヨーゼフ・K

---
[1] *Der Proceß* は通常、『審判』と訳されることが多いが、原題および内容からすると『訴訟』という訳のほうが適切だと思われるので、本書では後者の『訴訟』

（Josef K.）が30歳の誕生日の朝に理由もなく突然逮捕されるという場面で始まり、その逮捕からちょうど1年後の誕生日の前夜に処刑されてしまうという奇妙な物語である。その間に主人公は、逮捕の理由を探ったり、訴訟を有利に運ぶためにさまざまな人物に接触し、保身に利用しようと試みる。その際、そのような登場人物たちとのかかわりあいが支配力ないし優位性の誇示という観点から興味深い。本章の目的は、そのような対人関係において優位性を明示する1つの手段として、特異な表現スタイルと見なされる「お見通し発言」が使用されるという仮説を例証することにある。

1.2. 調査方法

使用するテクストは校訂版の『訴訟（審判）』である（翻訳を含めて、使用する文献は巻末の「使用テクスト」欄を参照のこと）。「お見通し発言」として今回の調査の対象となるのは、*wollen* という意志に関わる話法の助動詞と、*glauben* や *denken* といった思考動詞である。これらの助動詞ないし動詞の直説法現在形が2人称主語と結合した叙述文のみを対象とする。すなわち、疑問文や命令文は対象外とする。また、推量といったモダリティに係わる副詞などを含む場合は、それも対象外とする。

1.3. 結果と考察

調査の結果、作品中8場面で「お見通し発言」の使用例が確認された。本節では、その8場面での「お見通し発言」すべてを例示する。その際、比較のために最新の日本語訳と英語訳をそれぞれ提示することにする。

1.3.1. Kとビュルストナー嬢

最初に認められた「お見通し発言」が出現するのは、「グルーバッハ夫人　それからビュルストナー嬢との会話」の章におけるK（K.）とビュルストナー嬢（Fräulein Bürstner）とのやり取りの場面である：

を採用し、『訴訟（審判）』というように補足することにする。

„Ich erklärte Ihnen doch Fräulein", sagte K. und gieng auch zu den Photographien, „daß nicht ich es war, der sich an Ihren Photographien vergangen hat; <u>aber da Sie mir nicht glauben</u>, so muß ich also eingestehn, daß ..."

    p. 41, ‹Gespräch mit Frau Grubach Dann Fräulein Bürstner›
       （下線による強調は論者による。以下同様）

　上記引用部の下線を施した箇所が定義により「お見通し発言」と見なすことができる。下線部の発言は、ビュルストナー嬢に向けられたものであるが、ビュルストナー嬢に対してKは「あなたは私の言うことを信用していないから」と理由を断定的に表現している。このように、相手の思考内容が読めてしまっている、つまり「お見通し」状態にあることを指摘することによってKのほうが優位に立っていること、もしくは強気で相手に迫っている様子が提示されていると理解することができる。
　当該箇所の日本語訳と英語訳を比較のために載せておく（なお、英語訳はブロート（Max Brod）版に基づいている）：

「説明させてください」
Kは写真に近づいた。
「手をつけたのは、わたしじゃない。<u>そう言っても信用なさらないでしょうから</u>打ち明けますが、審理委員会が三人の銀行員を呼びつけたのです。…」（池内訳, p. 38）

"But I have explained to you, Fräulein," said K., going over to the photographs, "that it was not I who interfered with these photographs; still, <u>as you won't believe me</u>, I have to confess that the Court of Inquiry brought three Bank clerks here, ..."

    p. 33,（I The Arrest – Conversation with Frau Grubach – Then
      Fräulein Bürstner）

日本語訳は推量を表わす助動詞「でしょう」が付加されているので、「お見通し発言」と見なすことができない。人称制限のため、日本語では対話相手の思考内容を断定的に直接表現することは文法的に正しくないとの判断から、それを避けるための推量表現であろう（人称制限による翻訳への影響については、第8章で論じている）。他方、英語は否定の助動詞 *won't* により否定の強い意志が表明されているので、「お見通し発言」に相当すると言える。

1.3.2. 学生と女性とK
　次は、「ひとけのない法廷で　学生　裁判所　事務局」の章である：

> „<u>Und Sie wollen nicht befreit werden</u>", schrie K. und legte die Hand auf die Schulter des Studenten, der mit den Zähnen nach ihr schnappte. „Nein", rief die Frau und wehrte K. mit beiden Händen ab, „nein, nein nur das nicht, woran denken Sie denn! Das wäre mein Verderben. (…) "
> 　　　　　　p. 86, ‹Im leeren Sitzungssaal Der Student Die Kanzleien›

　下線を施した箇所が「お見通し発言」の例と考えられる。この場面では、まずKが、学生によって連れて行かれる女性に向けて下線部の発言を行ない、それによって精神的優位性を宣言している。ところが、その精神的優位性は、学生の身体的暴力の介在と女性の学生への同調行動によって拒絶される。このように、最初はKの精神面での優位性が示されるが、すぐにそれが学生による身体的暴力の介在とそれに続く女性の同調発言によって否定されてしまう。これは、学生が裁判所と関係があり、その影響力を背景とした権力構造によってKの精神的優位性が暴力的に破棄されると理解できる。すなわち、女性に関していえば、その人物それ自身には権力はないが、介在する学生とその背後にある権力構造との関連で、主人公Kとの関係への影響は大きいと言わざるをえない（同様の構造は、次節「1.3.3.

レーニとK」の箇所でも認められる）。そして、このやり取りの結果は、その直後にあるKの認識に次のように現われている：

> … er [K.] sah ein, daß dies die erste zweifellose Niederlage war, die er von diesen Leuten erfahren hatte. （p. 86）
> （試訳：Kは、これがこの連中から受けた最初の疑いのない敗北であることを悟った。）

すなわち、この学生と女性に対して、より正確に言えば、裁判所の権力の具現の一形態に対して敗北を認めているのである。それを象徴的に示しているのが、Kの「お見通し発言」の学生と女性による拒絶だと考えられる。

ところで、先の「お見通し発言」を含む引用箇所の日本語訳と英語訳はどうなっているであろうか。訳文を比較してみよう。

> <u>「自分だってはなされたくないのだ」</u>
> とKは叫んで学生の肩に手をかけた。学生は歯をむき出して噛みつこうとした。
> 「やめて」
> 女は声を上げ、両手で押しとどめるしぐさをした。
> 「どうか、どうか、そんなことはしないで。とんでもない！　わたしが大変なことになる。…」（池内訳，p. 78）

> "<u>And you don't want to be set free</u>" cried K., laying his hand on the shoulder of the student, who snapped at it with his teeth. "No," cried the woman, pushing K. away with both hands. "No, no, you mustn't do that, what are you thinking of? It would be the ruin of me. …"
> p. 72-3, (III In the Empty Courtroom – The Student – The Offices)

原文の「お見通し発言」は、日本語においても英語においてもそのようなものとして翻訳されていると言える。

1.3.3. レーニとK

次に「お見通し発言」が登場するのは、「おじ レーニ」の章である。

> „Nein", antwortete Leni und schüttelte langsam den Kopf, „dann kann ich Ihnen nicht helfen. <u>Aber Sie wollen ja meine Hilfe gar nicht</u>, es liegt Ihnen nichts daran, Sie sind eigensinnig und lassen sich nicht überzeugen."
>
> p. 144, ‹Der Onkel Leni›

下線部は、弁護士の看護人レーニ（Leni）がKに対して発言している「お見通し発言」である。レーニがKに対して優位性を示していることになる。レーニは、上節1.3.2.で論じた学生に連れて行かれた女性と同様に、本来ならKに対して何ら支配力をもっていないが、弁護士との関連の中で弁護士側に属する人物という観点から、優位にあると見なされる。

日本語訳と英語訳でその内容がどう訳されているのであろうか。確認してみよう。なお、訳中の「レニ」は「レーニ」のことである。

> レニはゆっくりと首を振った。
> 「自白がなくては助けられない。<u>ほんとうはわたしの助けなど願っていないのでしょう</u>。ちっともそんなことは考えていないんだわ。わがままで、認めないのだ」
>
> （池内訳, p. 136-137）

> "No," said Leni, shaking her head slowly, "then I can't help you. <u>But you don't in the least want my help</u>, it doesn't matter to you, you're stiff-necked and never will be convinced."
>
> p. 136, (VI K.'s Uncle -Leni)

日本語で「でしょう」という推量表現として訳されている点に注意しておこう。英語ではそのようなモダリティをもった表現としては訳されていない。

1.3.4. 工場主とK

次に「お見通し発言」の使用例が認められたのは、「弁護士　工場主　画家」の章である。

> Der Fabrikant aber folgte K.'s Blick, klopfte auf seine Tasche und sagte ohne sie zu öffnen: „<u>Sie wollen hören, wie es aufgefallen ist</u>. Mittelgut. (...)"
>
> p. 179, ‹Advokat Fabrikant Maler›

下線部が、Kの上司である支店長代理に懇意にされた工場主（Fabrikant）がKに対して発する「お見通し発言」である。工場主自身はKに対して権力をもっていないはずだが、それにもかかわらずKにむかって「お見通し発言」の使用が可能なのは、その後ろ盾に支店長代理が存在するからであろう。

ここで日本語および英語の訳文と比較しておこう。

> 工場主はKの視線を見やってから自分の書類鞄を叩いただけで開かなかった。
> 「<u>結果をお知りになりたいのでしょう</u>。」（池内訳，p. 161）

> But the manufacturer, catching K.'s eye, merely tapped his attaché case without opening it and said: "<u>You would like to know how it has turned out?</u>"
>
> p. 168,（VII Lawyer – Manufacturer - Painter）

日本語訳は「でしょう」と推量の形式をとり、英語では will よりも主張の度合いが低い would like to が使用され、疑問表現として訳されている。したがって、両者とも断定はしていない。ここにおいても、ドイツ語による「お見通し発言」の特異性が確認できるように思われる。

1.3.5. 画家とK

次に「お見通し発言」が見られたのは、上節と同じ章「弁護士 工場主 画家」においてである。

> „Nur immer gleich mit der Wahrheit heraus", sagte er, „<u>Sie wollen etwas über das Gericht erfahren</u>, wie es ja auch in Ihrem Empfehlungsschreiben steht, ..."
>
> p. 198, ‹Advokat Fabrikant Maler›

下線部は、画家（Maler）がKに対して発している「お見通し発言」である。この発言は、工場主からの紹介状とも関係づけられ、さらに、画家自身が背後に裁判所システムと係わりがあることが重要であろう。その影響力の下での発言と考えられる。

日本語と英語の訳文ではどう表現されているのかを確認しておこう。

> 「腹のさぐり合いはやめにしましょう」
> と、画家は言った。
> 「<u>何か裁判所のことをお知りになりたいのでしょう</u>。紹介文に書いてありました。…」（池内訳，p. 178）

> "Come out with the truth," he said. "<u>You want to find out something about the Court</u>, as your letter of recommendation told me, ..."
>
> p. 184 , (VII Lawyer – Manufacturer - Painter)

ここでも日本語訳に「でしょう」という推量のモダリティが表われていることが注目される。英語訳ではそうではないが、少なくとも日本語では、人称制限によりモダリティなくしては訳せない表現であるようだ。

1.3.6. 聖職者とK

さらに次に「お見通し発言」が登場するのは、「大聖堂で」の章である。

> „Du bist Josef K.", sagte der Geistliche und erhob eine Hand auf der Brüstung in einer unbestimmten Bewegung.
>
> p. 288, ‹Im Dom›

下線部で初対面の聖職者（der Geistliche）がKの名前を唐突に呼んでいる。知られていないはずの名前がわかっているという意味で、これを一種の「お見通し発言」と見なすことは可能であろう。この点で、聖職者がKに対して優位に立っている、あるいは立とうとしていることがわかる。

この場面は日本語と英語ではどう訳されているだろうか。

> 「ヨーゼフ・Kだね」
> 聖職者が言った。手すりの上で片手を曖昧に動かしている。（池内訳, p. 262）

> "You are Joseph K.," said the priest, lifting one hand from the balustrade in a vague gesture.
>
> p. 263, (IX In the Cathedral)

日本語は、「だね」を用いて確認を要求する表現となっていることがわかる。原文の力がかなり弱められているような印象を受ける。ただし、英語では、そのような非断定化は認められない。

1.3.7. 聖職者とK

上節と同じ場面で、さらに「お見通し発言」が確認されている。

> „... Jedenfalls schließt sich so die Gestalt des Türhüters anders ab, als Du es glaubst." „Du kennst die Geschichte genauer als ich und längere Zeit", sagte K.
>
> p. 298, ⟨Im Dom⟩

この場面の「お見通し発言」は、聖職者がKに対して発したものである。聖職者のKに対する優位性を示す表現である。そして、それに続く発言で、Kは聖職者の優位性を認める。

日本語と英語ではどう表現されているのであろうか。確認しておこう。

> 「それはともかくとして、はじめ思っているのとはちがった門番が見えてこないか」
> 「あなたは私より、話をくわしくごぞんじだ。ずっと前からごぞんじでした」
> とKが言った。(池内訳, p. 273)

> At any rate the figure of the doorkeeper can be said to come out very differently from what you fancied." "You have studied the story more exactly and for longer time than I have," said K.
>
> p. 272, (IX In the Cathedral)

日本語と英語では、ドイツ語原文の「お見通し発言」を含む文全体がそれぞれ疑問文と可能表現として訳出され、その断定力が引き下げられている。

1.3.8. グルーバッハ夫人とK（断片）

校訂版の本文はこれで終わるが、断片としてまとめられている「Bの女友だち」にも「お見通し発言」は出現している。

> „Herr K.", rief Frau Grubach die nur auf diese Frage gewartet hatte und hielt K. ihre gefalteten Hände hin, „Sie haben eine gelegentliche Bemerkung letzthin so schwer genommen. Ich habe ja nicht im entferntesten daran gedacht, Sie oder irgendjemand zu kränken. Sie kennen mich doch schon lange genug Herr K., um davon überzeugt sein zu können. Sie wissen gar nicht wie ich die letztenTagen gelitten habe! ..."
>
> p. 317, ‹B.'s Freundin›

引用した部分は、校訂版では「断片」として扱われているが、ブロート版では本文に組み込まれている。Kはグルーバッハ夫人のアパートに間借りしている。Kが借りなければ他に誰も借り手がつかず、借りてやっているという意味で、Kに優位性があるわけであるが、そのような間借りに関する事情は不明である。ここで「お見通し発言」をしているのは、Kではなく、グルーバッハ夫人なのだ。これは、夫人のKに対する隠れた優位性を示していると解釈できよう。

なお、点線による強調部は対話相手の過去の思考内容について言及しているが、これもメタコミュニケーション的に対話相手の認識を、推測という形式をとらずに断定的に述べているという点で、一種の「お見通し発言」として機能しているように思える[2]。このような表現の用法については、後で改めて論じることにする。

日本語訳と英語訳ではどう訳されているのかを確認しておこう。

「それ、そのこと」

---

2 この点につき、丸井一郎氏より指摘を受けた。記して感謝する。

グルーバッハ夫人が叫ぶような声を上げた。これを言われるのを待っていたのだ。両手を重ねて握りしめた。
　「<u>ちょっとしたひとことが、とても大きくとられてしまいました。</u>あなたや、だれかよその人を傷つけようなどと、これっぽっちも思っていなかったのですよ。もう長らくわたしをごぞんじなのですから、そのことはわかってくださっているはずじゃないですか。<u>この数日、どんなに辛い思いをしていたことでしょう！</u>　部屋を借りている方を謗るなんて！　人もあろうにＫさんがそんなふうに思うなんて！…」

（池内訳, p. 291）

"Herr K.," cried Frau Grubach, who had been merely waiting for this question and now stretched out her clasped hands toward him, "<u>you took a casual remark of mine far too seriously.</u> It never entered my head to offend you or anyone else. You have surely known me long enough, Herr K., to be certain of that. <u>You have no idea how I have suffered during these last few days!</u> …" p. 93

　日本語は原文とかなり違った形式で訳されている。他方、英語はドイツ語に対応した訳と言える。

1.4. 『訴訟（審判）』における証例のまとめ

　「お見通し発言」という観点から『訴訟』の分析を試みた結果、断片を除くと、全部で７場面において「お見通し発言」が使用されていることが確認された。一見すると、「お見通し発言」の使用法に一貫性がないように思われるが、詳細に検討すると、「お見通し発言」が登場人物間の力関係、とくに対人的優位性と連動していることがわかる。すなわち、この作品に関しても、これまでの作品分析と同様に、対話相手に対してその考えを前もって指摘することにより話者側の優位な立場を誇示するという点から統一的に説明可能であることが確認された。しかし、このような「お見

通し発言」の分析結果が作品全体の解釈にどの程度貢献しうるのかについては、現段階で十分明らかになったとは言えない。しかしながら、『訴訟』では登場人物間の支配力や権力の差が問題になっているとすれば、「お見通し発言」の優位性を誇示する機能は作品の主題と関係していると言える。ただし、これを詳細に確認するためには、別の作品を分析する必要がある。

また、1.3.8. で触れたように、対話相手の過去の思考内容をメタコミュニケーション的に断定的に表現することも「お見通し発言」の1つと見なすことができそうである。これまでは、現在と未来の事象を中心に断言することを「お見通し発言」の特徴としてきたが、現在の観点から相手の過去の思考内容について断言するのも、「お見通し発言」の1つのバリエーションと言える。したがって、この点についても詳細に調査していく必要があるが、本書ではこれ以上立ち入らない。

2. 『城』と「お見通し発言」

前節に引き続き、同じく未完の長編の『城』（*Das Schloß*）における「お見通し発言」の用例を分析する。

『城』は、前節の『訴訟（審判）』と同様に、権力との戦いが主題になっているとされる（Jagow & Jahraus, 2008）。この作品は、主人公の自称測量士のK（K.）が、城村のさまざまな人物（とくに女性）に取り入って居場所を見つけ、さらに城の権力者である役人に会おうと試みる物語である。そこでは、登場人物間の力関係の差が浮き彫りになる。Kは当初、住民に対して弱い立場であるが、その関係は物語の進展とともに変化する。その変化が「お見通し発言」によって明示されている可能性がある。そこで、登場人物間の関係の変化が「お見通し発言」によって明示される、という仮説を設定する。本節の目的はこの仮説を検証することにある。

2.1. 調査対象と方法

「お見通し発言」の具現形式として主語の意志を表わす話法の助動詞 *wollen* に着目する。作品内の会話に現われる 2 人称主語 *du* および *Sie* に支配された *wollen* を含む、平叙文による発話が対象となる。その際、疑問文という形式であったり、*wahrscheinlich*、*vielleicht*、*wohl* といった推量を表わす副詞を含む発話は除外する。したがって、前節までの調査と同様に、次のような要件をみたした発話が対象である。

　　話法の助動詞 *wollen* や思考動詞 *denken* や *glauben* 定動詞とする平叙文
　　2 人称主語 (*du* もしくは *Sie*) を主語とする
　　推量や可能性などのモダリティを表わす副詞を含まない

なお、調査に使用したテクストは校訂版の『城』(*Das Schloß*) である (文献に関する詳細は、巻末の「使用テクスト」を参照のこと)。

2.2. 結果および考察

今回の調査において、上記の「お見通し発言」の条件との関連で「お見通し発言」と見なしうる用例は少なくとも 9 例見つかった。その 9 例のうち、最初の 2 例と中間の 1 例の計 3 例において主人公の K に対して他の登場人物が「お見通し発言」を使用している。それ以外の 6 例では、K が他の登場人物に対して「お見通し発言」を発している。したがって、力関係についていえば、「お見通し発言」の使用は K が他の登場人物よりも多く、また、その使用は前半より後半に集中しているので、傾向として、前半は K が弱い立場にいるが、後半になると K が相対的に強い立場になることがわかる。ここでは、用例を 1 つずつ確認していく。

2.2.1. 女将 (**Wirtin**) と K

「女将との最初の会話」(Erstes Gespräch mit der Wirtin) というタイトル

のつけられた章に「お見通し発言」と見なしうる表現が認められた。Kに対する女将（Wirtin）の発言である：

> Sie sind paar Tage im Ort und <u>schon wollen Sie alles besser kennen</u>, als die Eingeborenen, besser als ich alte Frau und als Frieda, die im Herrenhof so viel gesehn und gehört hat.（p. 84）

　下線を施した文が「お見通し発言」に相当する（以下同様）。すなわち、女将がKに対して2人称主語を用いて、土地の人よりもすべてについてよりよく知っていたいという、Kの意志を断定的に表現している。この「お見通し発言」が示唆しているのは、女将がKよりも立場に関して上位にいるということ、すなわち支配力をもっているということであろう。
　なお、この発話は日本語と英語では、それぞれ次のように訳されている。

> ……<u>それでもう何だって知っているみたい</u>。生え抜きの者よりも、わたしのような年寄りよりも、貴紳荘でいろんなことを見たり聞いたりしてきたフリーダよりも、<u>よく知っているつもりでいる</u>。（池内訳, p. 85）

> ... and <u>already you think you know everything better</u> than people who have spent their lives here、better than an old woman like me, and better than Frieda, who has seen and heard so much in the Herrenhof.（p. 66）

　和訳・英訳とも、対話相手のKの思考内容を指摘している。その意味で、「お見通し発言」として機能するように訳されていることがわかる。しかし、日本語訳では、「みたい」があることから、その断定する力が弱い印象を与える。

2.2.2. フリーダとK

「教師」(Der Lehrer) というタイトルの章には次のような「お見通し発言」が見られた。フリーダがKに向かって話している場面である：

> Und wenn Du kein Nachtlager bekommst, <u>willst Du dann etwa von mir verlangen, daß ich hier im warmen Zimmer schlafe</u> während ich weiß, daß Du draußen in Nacht und Kälte umherirrst.（p. 150）

貴紳館（Herrenhof）という宿屋の給仕フリーダがKに対して発した言葉である。Kがフリーダにしてもらいたいと考えていること、そのためにKが犠牲になる覚悟をもっていることを断定的に語っていることがわかる。この発言によって、Kよりもフリーダが立場上、上位に位置づけされていることがわかる。そしてこの後、Kは校務員役を引き受ける決心をして次のように言う：

> Dann bleibt nichts übrig, als anzunehmen, komm!（p. 150）
> （試訳）それなら、引き受けるほかない。おいで。

Kは自分の考えていることをフリーダから「お見通し発言」によって指摘され、それを受けて自分の意図をフリーダの意向に沿うように変化させているように見える。この場面でのKの心境の変化について、辻（1971: p. 154）は次のように述べている：

> Kは寒風の吹きさらす屋根裏部屋に、シャツのままでひき入れられているというのに、フリーダは興奮のあまりそれに気づかず、「……あなたが夜の寒さのなかをさまよい歩いているのが、わたしにはわかっているのに、そのわたしには、ここのあたたかい部屋で寝ているように、とおっしゃってるようなものなんだわ」と悲痛な愛の口調で演説をぶって聞かす。Kは寒くてたまらず、ちょうどこの個所で口説いて

おとされる。それが、絶対に拒絶しようと心がけていたにもかかわらず、Kが村の学校の小使役を引き受ける転機になってしまうのである（第七章）。

この指摘からも「お見通し発言」は相手との関係を規定するだけでなく、話を展開させる重要な役割を担っていることがわかる。
なお、本節の「お見通し発言」は、日本語と英語では次のように翻訳されている：

> あなたに寝る場所がないというのに、<u>わたしにはここで寝ろというの</u>。あなたが夜と寒さのなかで往き迷っているというのに、<u>どうして暖かい部屋に寝ていられるの</u>（池内訳, p. 149）

> ... <u>do you really expect me to sleep here in my warm room</u> while I know that you are wandering about out there in the dark and cold? (p. 120)

日・英訳とも、修辞疑問にせよ、疑問文の形式をとっている。この訳文では、「お見通し発言」としては解釈されていない。平叙文による断定という形式で表現していないからである。しかしながら、日本語訳の修辞疑問は形式こそ異なるが、断定していると解釈できないことはない。

2.2.3. Kとフリーダ

助手（Die Gehilfen）の章では、Kがフリーダに対して「お見通し発言」をする場面が見られる：

> Aber auch <u>Du willst hier bleiben</u>, es ist ja Dein Land. (p. 215)

ここでは、Kがフリーダに対して、ここに居続けるという相手の意志を断定的に表現している。それ以前は、フリーダがKに対して立場上、上位

にいたわけだが（2.2.2. を参照）、この発言によって立場が逆転していることがわかる。

なお、日本語と英語の訳は次のとおり：

<u>きみだってここにとどまりたい</u>。ここはきみの土地だ。（池内訳，p. 211）

But <u>you want to stay here</u> too, after all, it's your own country.（p. 177）

日本語は人称制限のために奇妙な印象を与えるが、日・英両翻訳とも、形式上「お見通し発言」として訳されている。

2.2.4. Kとオルガ（Olga）

16章の中では、次のような発言が認められた：

<u>Du willst doch nicht scherzen</u>; wie kann über Klamms Aussehen ein Zweifel bestehn, es ist doch bekannt wie er aussieht, ich selbst habe ihn gesehn.（p. 276）

Kがオルガ（Olga）に対して、相手が冗談を言うつもりがないというオルガの考えを断定している。したがって、オルガの意図を「お見通し」していることで、Kは立場上、上位にあることがわかる。

なお、当該部分の日本語訳と英訳は次のとおりである：

<u>冗談を言いたいのかい</u>。（池内訳，p. 260）

... <u>you surely must be joking</u>; ...（p. 226）

日本語は、疑問文形式になっている。英語は、*surely* と *must* によって、

推量を表現していることがわかる。したがって、両翻訳とも、「お見通し発言」という断定的な形式としては訳出されていない。

2.2.5. Kとオルガ

アマーリアの秘密（Amalias Geheimnis）の章でもオルガに対してKは「お見通し発言」をしている箇所がある。

> …, Du tust es nicht mit Absicht, die Umstände verleiten Dich dazu, <u>aus Liebe zu Amalia willst Du sie hocherheben über alle Frauen hinstellen</u> und da Du in Amalia selbst zu diesem Zweck nicht genug Rühmenswertes findest, hilfst Du Dir damit, daß du andere Frauen verkleinerst.
>
> （p. 312）

オルガが他のどんな女よりもアマーリアが優れていると見ようとしているという意図をKが断言している。このように、相手の考えを明示することによって、立場上、上位に位置づけられていることを示唆していることがわかる。つまり、Kがオルガに対して支配力をもっているのだ。

下線部に対応する日本語と英語の訳文は次のとおり：

> <u>アマーリアが好きだから、どの女よりも高くもちあげようとして</u>、アマーリア自身にはこの目的に足りる十分なものがないから、それでほかの女を貶めて埋め合わせをするんだ。(池内訳, p. 290)

> … <u>impelled by your love for Amalia, you want to exalt her above all other women</u>, and since you can't find enough virtue in Amalia herself, you help yourself out by belittling the others. (p. 254)

日・英両翻訳とも「お見通し発言」として理解可能な訳である。

2.2.6. イェレーミアス（Jeremias）とK

21章ではかつてのKの助手であったイェレーミアス（Jeremias）が元「親方」のKに対して「お見通し発言」を繰り返している箇所がある。

„Diese Drohungen schrecken mich nicht", sagte Jeremias, „Du willst mich doch gar nicht zum Gehilfen haben, Du fürchtest mich doch als Gehilfen, Du fürchtest Gehilfen überhaupt, nur aus Furcht hast Du den guten Artur geschlagen." (p. 374)

イェレーミアスは、話法の助動詞 wollen を用いて「お見通し発言」を行なっている。Kに面と向かって、自分を助手として採用しようとはまったく思っていないと指摘している。この表現で、Kよりもイェレーミアスのほうが支配力の点で上位にいることが示唆される。したがって、表現を見る限り、助手であった時期と立場が完全に逆転している。なぜイェレーミアスは、Kの助手でなくなったとたん、Kに対して「お見通し発言」を使えるようになったのか。「城」やフリーダとの関係が強くなったので、Kに対して支配力をもつようになったのだろうか。その理由は今のところ不明であり、今後、調査をしていく必要があろう。

日本語と英語の翻訳はどうなっているのだろうか。

「そんな脅しにはのりませんよ」
と、イェレーミアスが言った。
「わたしを助手にもちたくなかったんだ。助手のわたしを恐がっていた。助手そのものを怖れていた。恐いもんだから人の好いアルトゥーアを殴ったんだ」（池内訳，p. 337）

"These threats don't frighten me," replied Jeramiah, "you don't in the least want me as an assistant, you were afraid of me even as an assistant, you were afraid of assistants in any case, …" (p. 301)

- 080 -

日本語は、過去のこととして訳出している。相手の考えを過去のこととして主張する表現形式（…たんだ［たのだ］）を用いているため、形式的定義からすると、「お見通し発言」としては理解しにくいが、『訴訟（審判）』の分析に際にも見たように、過去による表現も、機能上、「お見通し発言」と見なしていいものもあるようである。他方、英訳では、*want* によって要望を断言しているので、「お見通し発言」といえる。

2.2.7. Kとペーピ（**Pepi**）

25章では、Kがペーピ（Pepi）に対して「お見通し発言」をしている。

> <u>Du willst ihr nicht glauben!</u> Und weißt nicht wie Du Dich damit bloßstellst, wie Du gerade damit Deine Unerfahrenheit zeigst. （p. 483）

Kがペーピに対して支配力の点で上位にいることを確認していることになる。

下線に対応する部分の日本語と英語を見てみよう。

> きみはフリーダを信じたくないのだ！（池内訳, p. 417）

> You won't believe her! （p. 396）

日・英両訳文ともドイツ語に対応し、断定的に訳されているので、まさに「お見通し発言」として理解できる。

2.2.8. Kと女将

同じく25章では、Kは女将に対して「お見通し発言」をしている。

> <u>Du willst es wissen.</u> Nun sie sind aus gutem Material, recht kostbar, aber

sie sind veraltet, überladen, oft überarbeitet, abgenützt und passen weder für Deine Jahre, noch Deine Gestalt, noch Deine Stellung. (p. 493)

Kが女将に対して、服のことを知りたがっていることを断定的に述べているわけだが、これによって、立場が上位にあることを表明している。それ以前では、女将のほうが上位に位置づけられていた（2.2.1. を参照）。

ドイツ語原文の下線部に対応する日本語と英語の訳文は次のとおりである：

知りたいのですね。（池内訳, p. 425)

You insist on hearing. (p. 403)

日本語は相手の考えを確認しようとし、英語は相手の要求を客観的に表わしている。したがって、両表現とも形式的には「お見通し発言」と見なすのは難しいが、機能上、「お見通し発言」と見なしてもよかろう。

2.2.9. Kとゲルステッカー（Gerstäcker）

25章ではさらに、Kはゲルステッカー（Gerstäcker）に対しても「お見通し発言」をしている。

„Ich weiß warum Du mich mitnehmen willst", sagte nun endlich K. Gerstäcker war es gleichgültig, was K. wußte. „Weil Du glaubst, daß ich bei Erlanger etwas für Dich durchsetzten kann." (p. 495)

Kがゲルステッカーに対して相手の考えていることを *ich weiß*（わかっている）を用いて表明し、その理由も *Du glaubst*（おまえは想定する）という表現で断言しているので、まさに「お見通し」であることを表明している。事実、この箇所は池内によって次のように訳されている：

> 「どうして連れていきたいのか、お見通しだ」
> やっとKが言った。ゲルステッカーは平然としていた。
> 「おまえのため、わたしがエアランガーに何かやってのけそうだと、見当をつけたのだろう」（池内訳，p. 426-7）

　下線部の訳文に「お見通しだ」という表現が使われていることに注意してほしい。人間関係において、相手の考えていることはわかっている（「お見通し」である）と指摘することの重大さがわかる。なお、この日本語訳では２つめの「お見通し発言」が、「お見通し発言」として訳されていない。「そうだ」という推量を表わす表現がともなっているからである。
　対応する英語はどうなっているだろうか。

> "I know why you want to take me with you," K. said at last. Gerstäcker did not know what K. knew. "Because you think I can do something for you with Erlanger." (p. 407-8)

　英語は、ドイツ語と同様に両発話とも「お見通し発言」と理解して訳されている。

＊

　以上、調査の結果を提示し、その説明を試みてきた。これらの結果から、『城』においても「お見通し発言」が効果的に用いられ、登場人物間の支配力の違いやその変化が示唆され、また、話の展開にある種のきっかけを与えていることがわかる。

2.3. 『城』のまとめ
　予想通りに、『城』においても「お見通し発言」が確認できた。また、それらは登場人物間の力関係の違いや移行を明示するために適切に使用されていることがわかった。さらに場面によっては、話がそれによって展開

するきっかけになっていることもわかった。

　『城』は、作品中に会話の占める部分が極めて大きい。クルーシェの研究によれば、長編3部作『失踪者（アメリカ）』・『訴訟（審判）』・『城』の作品全体における会話の占める割合はそれぞれ、50〜55％・60〜65％・70〜75％だという（Krusche, 1974: p. 52）。このことからも『城』では会話部分が多いことがよくわかる。したがって、会話の中だけで状況の変化や状態がすべて理解できるようになっている必要がある。語り手の役割の一部が発話によって担われていると言ってもよかろう（「お見通し発言」によって「語り」としての補助機能が企図されていると考えられる。この点については、終章でふれる）。会話において、登場人物間の位置づけをも理解させようとするなら、そこには、力の差を示す表現が要求されるわけだ。そのための手段として「お見通し発言」も使われていると考えることができるだろう。

3. 長編2編の「お見通し発言」

　『訴訟（審判）』と『城』に認められた「お見通し発言」は、一部を除いて、優位性の確立を試みるものであった。ただし、『城』の一部には、領分の越境行為によって、会話の新たな展開を促すものも認められた。この機能は、第1章で見た会話を促す機能と同様である。「お見通し発言」は場面に依存して、異なる機能を有することが示唆されたわけである。

　そこで、次章では、これまで観察されたのとは異なる機能を有する「お見通し発言」の例を考察する。

第4章　共感の表明
――長編作品『失踪者（アメリカ）』の証例――

0. はじめに

　「お見通し発言」は、通常、直接には知りえない対話相手の思考内容を話者が断定的に表現するものであるが、多くの場合、相手より優位な立場にあることを誇示し、交渉などを有利に進めるための手段として機能する。このような機能をもった発言は、前章までで検討した『判決』や『流刑地にて』のほかに、主人公が権力をめぐる戦いを行なう『訴訟（審判）』と『城』の2長編作品においても、その効果的な使用が確認されている。では、もう1編の長編作品である『失踪者（アメリカ）』(Der Verschollene) においてもそのような使用例が認められるであろうか。本章は、「お見通し発言」と見なしうる形式を備えた表現が『失踪者（アメリカ）』においてもある特定の場面で顕著に使用されるが、しかし、その機能は、それ以外の作品とは異なり、共感的機能をもつことを例証する。

1. これまでの調査

　「お見通し発言」について、前章までにいくつかのカフカ作品を調査してきた。これまでの分析から、「お見通し発言」が明確に人間関係における支配力所持（獲得）の誇示として使用されている作品もあるが、そうではないものもあることがわかった。たとえば、第1章で扱った『笛』が

それである。そこでは、話を予期したのとは違った方向へ展開させる技法の試みが認められた。とはいえ、それ以外の作品を見る限り、「お見通し発言」が基本的に支配力の明示手段として使われる傾向にあると言えよう。本章で扱う『失踪者（アメリカ）』はどうであろうか。

2. 調査方法

本章では『失踪者（アメリカ）』を対象に「お見通し発言」の使用例を調査する。使用するテクストは校訂版の『失踪者（アメリカ）』である（文献の詳細な情報は、翻訳を含めて、巻末の「使用テクスト」を参照のこと）。「お見通し発言」として今回の調査の対象となるのは、これまでの分析と同様に、*wollen* という意志に関わる助動詞と、*glauben* や *denken* といった思考動詞である。これらの助動詞ないし動詞の直説法現在形が2人称主語と結合した叙述文のみを対象とする。すなわち、疑問文や命令文は対象外とする。また、推量といったモダリティにかかわる副詞（たとえば *vielleicht* や *wohl* など）を含む場合は、それも対象外とする。断定することにならないからである。

したがって、次のような要件を充たした発話が対象である。確認のために再掲しておく：

話法の助動詞 *wollen* や思考動詞 *glauben* と *denken* を定動詞とする平叙文。
2人称主語（*du* もしくは *Sie*）を主語とする。
推量などのモダリティを表わす副詞を含まない。

3. 結果と考察

上記の観点から調査を実施した結果、「お見通し発言」と見なしうる発

話として５例が該当することがわかった。以下に提示するのは、ロビンソン（Robinson）とカール（Karl Roßmann）の会話に出現する例である。それらの例はすべて、カールがドラマルシュ（Dramarche）によってブルネルダ（Brunelda）のところに連れて来られ、ロビンソンと同様に召使（Diener）のような身分に成り果てた際の会話である。この２人は社会的にほぼ同程度の地位に属するので、力関係に差はないようだ。そのためであろうか、ここで使用されている「お見通し発言」は、これまでに分析した他の多くの作品のように自らの優位性を示そうとするのではなく、むしろ逆に、相手への深い理解や共感を提示しているように解釈できる。では、具体的に見ていくことにしよう。その際、参考のために、該当部分の日本語訳と英語訳を併記する。

3.1. ロビンソンとカール

まず、カールが何も食べようとしないことを、ロビンソンが断定的に表現する文が認められた。

　　Du willst aber rein gar nichts.（p. 299）

日本語訳：
　　お前さん、なんにもいらないんだな。（千野訳, p. 174）

英語訳：
　　So you don't want anything at all.（*America*, p. 209）

この発話での *willst*（不定形は wollen）は、助動詞としてではなく、本動詞として使用されている。しかし、要求や願望を示しているという点では、感覚という内面世界を表現している。その点で、形式的に、これも「お見通し発言」の例とみなしてよかろう。心態詞（Partikel）の *aber* の扱いが問題になるが、一種の強調と考え、ここでは無視しておくことにす

る。

　この場面では、バルコニーに追いやられた2人が会話をしている。「お見通し発言」は、カールが何も食べようとしないことを確認するために使用されているようだ。日本語訳も英語訳も、同様に確認という行為として訳されている。

3.2.　カールとロビンソン
　今度は、カールがロビンソンに対して「お見通し発言」をする場面である。

> „Also Leuten, die Dich zum Narren halten, <u>glaubst Du</u>, und Leuten, die es mit Dir gut meinen, <u>glaubst Du nicht</u>." (p. 313)

日本語訳：
> 「それじゃ、あんたのことをばかにしている人たちのいうことは<u>信ずるけど</u>、あんたのことを心配している人たちのことは<u>信じないんだね</u>」(千野訳, p. 183)

英語訳：
> 'So <u>you believe</u> anyone who makes a fool of you, and <u>you won't believe</u> anyone who means well by you.' (*America*, p. 219)

　下線部の *glaubst*（不定形は glauben（'believe'））は思考動詞である。したがって、対話相手の考えている内容を表出することになる。しかも平叙文形式により断定している。これも「お見通し発言」の例と見なしてよかろう。文頭の *Also* であるが、これは以前の話をまとめて帰結を導く副詞なので、この発話を「お見通し発言」と見なす判断には影響がなかろう。
　カールがロビンソンをよく理解しようとして、その態度を確認している発言と理解できる。日・英両訳文も同様である。

3.3. カールとロビンソン

カールによる「お見通し発言」はさらに続く。あたかも追い討ちをかけているかのようである。

„ ... <u>Du aber denkst</u>, weil Du der Freund des Delamarche bist, darfst Du ihn nicht verlassen. Das ist falsch, wenn er nicht einsieht, was für ein elendes Leben Du fühlst, so hast Du ihm gegenüber nicht die geringsten Verpflichtungen mehr." (p. 314)

日本語訳：
「……でもあんたはドラマルシュが友だちだから、見捨てられないと<u>考えてるんだろ</u>。それが正しくないのさ。ドラマルシュが、あんたがどんなみじめな生活を送っているか認めないなら、彼に対してつめのあかほどの恩義を感じることだってないさ」（千野訳, p. 183-4）

英語訳：
'But because you're Delamarche's friend <u>you think</u> you can't leave him. That's non sense; if he doesn't see what a wretched life you're leading, you can't have the slightest obligation to him.' (*America*, p. 219)

下線部では *denkst*（不定形は denken ('think')）という思考動詞が使用されている。まさに相手の思考内容を断言している。思考内容を断定的に表現するだけでなく、その後のコメントで、その中身も間違っていることを指摘している。カールは相手の考えが違っていることを指摘し、その考え方を改めるよう助言しているようである。日英訳も同様である。

なお、この発話の *aber* であるが、これも 3.1. と同様に強調表現とみなすことができる。

3.4. ロビンソンとカール

２回も続けてカールによって「お見通し発言」を使用されたロビンソンは、次の「お見通し発言」によって自分のことを本当に真摯に考えてくれているのかどうか、相手の真意を確認しようと試みているように見える。

„<u>Du glaubst</u> also wirklich, Roßmann, daß ich mich wieder erholen werde, wenn ich das Dienen hier aufgebe." (p. 314)

日本語訳：
「ロスマン、おれがここの仕事をやめたら、また元気になるって、本当に<u>そう思うのかい？</u>」（千野訳，p. 184)

英語訳：
'So <u>you really think</u>, Rossmann, that I would recover my health if I gave up working here?' (*America*, p. 219)

この発話の *also* であるが、それに続く *wirklich* との関連で、相手への確認表現と見なす解釈もありうるだろう。そのように判断する場合、その根拠は、おそらく、この発話のへのカールの応答であろう。応答は次のようになっている：

„Gewiss", sagte Karl. (p. 314)

日本語訳：
「もちろん」と、カールはいった。（千野訳，p. 184)

英語訳：
'Certainly,' said Karl. (*America*, p. 219)

たしかに、後続する発話をみると、先行する発言を肯定している。しかし、カールによるこの肯定発話は、後続するロビンソンの発言で疑問に付されることになる。

„Gewiss?" fragte nochmals Robinson.
„Ganz gewiss", sagte Karl lächelnd.（p. 314）

日本語訳：
「きっとだね？」と、ロビンソンはもう一度ききかえした。
「絶対間違いないさ」と、カールは笑いながらいった。
(千野訳，p. 184)

英語訳：
'Certainly?' Robinson asked again.
'Quite certainly,' said Karl smiling.（*America*, p. 219）

このような発話の連鎖になるということは、最初のカールによる肯定発話は、ロビンソンは期待していなかったと考えることもできる。とするなら、肯定表現で応答することによってカールは、ロビンソンの「お見通し発言」を「確認発話」と理解したことを提示し、「お見通し発言」の効果を喪失させようと試みていると解釈することもできよう。このように考えれば、ロビンソンの「お見通し発言」をめぐる攻防と位置づけることができる。

3.5. ロビンソンとカール
続けてロビンソンがカールに「お見通し発言」をする場面である。

Du glaubst also, sie kümmert sich um Dich nicht und rollst Dein Faß weiter.（p. 317）

日本語訳：
　　つまりお前は彼女はお前のことなんか気にしてない<u>と思って</u>、樽をゴロゴロころがしていく。(千野訳, p. 186)

英語訳：
　　'<u>You think</u> she's paying no attention to you, and you go on rolling the keg.'
　　(*America*, p. 221)

　たしかに、この発話はカールが実際に考えていることではない。ロビンソンが自分の経験に基づいて、カールの行動を推測して描いているにすぎない。しかし、ロビンソンの予測のなかで、カールの思考とそれに基づく行動が断言されているという点で「お見通し発言」と見なしてもよかろう。その機能は、やはり、相手より優位に立とうというものではなく、アドバイスをしようとしているように解釈できる。

3.6. 共感機能としての「お見通し発言」
　形式的に「お見通し発言」と見なされる表現は、他の2長編作品と同様に、『失踪者（アメリカ）』においても認められた。しかし、それが出現するのは、ほぼ同じような状況に置かれているカールとロビンソンのやりとりに限られている。しかも、その機能のほとんどは、他の作品にしばしば認められるような、相手より優位な位置にあることを誇示するというものではなく、むしろ、相手を思いやり、深い共感を示す機能をもっているようである。この違いは、『失踪者（アメリカ）』が他の2長編作品『訴訟（審判）』と『城』とは、その趣きを異にしていることに起因していると考えられる。
　よく知られているように、『訴訟（審判）』と『城』では、主人公は、出会うさまざまな人物を利用して権力と戦おうとする姿が描かれているが、『失踪者（アメリカ）』では、むしろ与えられる状況をあるがままに

受け入れ、その中で順応していこうという姿勢が強く見られる（Krusche, 1974; 富山, 1980）。社会の最底辺ともいうべき地位にいる主人公カールとロビンソンは、権力をめぐって戦うのではなく、何とか協力しながら生きていかざるをえないからであろう。そのような境遇で使用される「お見通し発言」は、他の作品とは自ずとその役割が異なるのは自然なことである。

4.「お見通し」と見ること

4.1.「お見通し発言」と見通していること

　「お見通し発言」は、定義により、相手の考えている内容がよくわかっている、すなわち見通しているということを相手に断言する行為である。それによって、多くの場合、相手より優位な立場にあることを表明し、相手を支配しようとする試みである。しかしながら、本章では、それとは異なる用法として、相手への共感を示す使用例も確認された。

　ところで、次の発話は、形式上、「お見通し発言」には分類されないが、その支配力を誇示するためのものと理解できる：

　„ ... Ich tue zwar manchmal so, als ob ich nicht aufpaßte, aber Du kannst ganz ruhig sein, <u>ich weiß sehr genau</u>, wer mich grüßt oder nicht, Du Lümmel."（p. 226）

日本語訳：
　「……ぜんぜん気をつけていないようなふりをちょくちょくしておるが、誰が挨拶をし、誰がしないかは<u>ちゃーんと分っている</u>から安心するがいい。礼儀知らずだな、お前は」。（千野訳, p. 132）

英語訳：
　'(...) Sometimes I pretend not to notice, but you can take it from me that

<u>I know perfectly well</u> who says good day to me and who doesn't, you lout!'
(*America*, p. 161)

相手の行動をよく理解していることを提示することにより、相手より上位にあることを宣言している。これは、優位性の誇示という「お見通し発言」の機能の一部を説明していると解釈可能である。

同様に、次の発言も相手の考えを見通すことが人間関係において重要な働きをもつことを示す例である。

Der Oberportier, der vortrat und sich zum Zeichen dessen, daß er von Anfang an alles <u>durchschaut</u> hatte, laut auf die Brust schlug, wurde vom Oberkellner mit den Worten: „Ja Sie hatten ganz recht Feodor!" Gleichzeitig beruhigt und zurückgewiesen.（p. 241）

日本語訳：
すると門衛長が進み出て、彼には初めから凡てが<u>お見通し</u>であったというしるしに自分の胸をどんとたたいたが、ボーイ長の「そうとも、全く君のいうとおりだよ、フェオドール」という言葉になだめられ、うしろにひきさがった。（千野訳，p. 140）

英語訳：
The Head Porter, who now stepped forward and struck himself loudly on the chest to advertise that he had <u>seen through</u> everything from the very beginning, was simultaneously appeased and put in his place by the Head Waiter with the words: 'Yes, you were quite right, Theodor.' (*America*, p. 171)

見通すことを表わす *durchschaut*（不定形は durchschauen（'see through'））という動詞が使用されている。人間関係や力関係において見通すことが重

要な機能をもつことがわかる。

4.2. 見ることの重要性

　ところで、相手の内面世界を見通すこと、そしてそれを断定的に言明することが人間関係での自らの位置づけに重要な要素となるとは言えそうだが、実際に「見る」に相当する動詞 *sehen* を用いた、思考内容を表わす「お見通し発言」の一種のバリエーションと見なされそうなものもある。その例を以下に挙げよう。上位者による下位者へ向けた発言である。

　門衛長（Portier）はカールの上司である。門衛長が、カールに向かって発言している。

　　„Jetzt siehst Du, wohin ein solches Benehmen führt", sagte der Portier, der wieder ganz nahe zu Karl zurückgekehrt war …. （p. 228）

日本語訳：

　　「そういう態度をとってるとどうなるか、やっと分ったな」と、再びカールのうんと近くまでもどってきた門衛主任がいって、あたかもボーイ長が彼の復讐の代理人であるかのように、まだ新聞を読んでいるボーイ長を指さした。（千野訳, p. 133）

英語訳：

　　'Now you see what such behaviour brings you to,' said the porter, again coming quite close to Karl and pointing at the Head Waiter, still deep in his papers, as if that gentleman were the instrument of his vengeance. (*America*, p. 162)

　動詞の *siehst*（不定形は sehen ('see')）は後続する副文を目的節にしている。副文に表現された内容を、相手も了解していることを断言している。その点で「お見通し発言」と同様の機能を果たしていると言えよう。また、

ベランダから選挙演説を見る場面があるが、そこではまさに *sehen* が話題になっている（p. 327f.）。この箇所は示唆的と言ってよかろう。

4.3. 見ることと見られること

　見ることと関連して、見られる側の問題もある。見る人物がいるなら、当然のことながら、見られる人物もいるわけである。見られることは人を不安にさせるようである。『失踪者（アメリカ）』に次のような場面がある。

>„Sie, junger Mann", hörte sich Karl plötzlich angesprochen, „könnten Sie sich nicht anderswo aufstellen? <u>Ihr Herüberstarren stört mich schrecklich.</u> …". (p. 343)

日本語訳：
>「ねえ、そこの若い人」、カールは思いがけず呼びかけられるのを耳にした。
>「すまないけど、どこか他のところに移ってくれません？ <u>そこでじっと見ていられると、ぼくにはとても気になるんでね。</u>……」（千野訳, p. 200）

英語訳：
>'I say, young man,' Karl found himself suddenly addressed, 'couldn't you stand somewhere else? <u>You disturb me frightfully, staring at me like that.</u> (…)' (*America*, p. 238)

　下線部は、見られることが妨げになっていると述べている。見ることと見られることが、人間関係に大きな影響を及ぼすことがありうることが確認できる。
　これまでは、「お見通し発言」という言語形式に注目するあまり、その発言自体とそれを発する人物に関心の中心があった。そこでは、見通され

る側の心理は考慮されていなかった。したがって、今後は、見通される側の心理も含めた検討が必要となろう。見られることによって、相手からどうやら自分の考えが見通されている、見透かされていると意識したとたんに、優位性や支配力が消えてしまうこともあろう。あるいはまた、見られることによって、理解してもらえているという意識になるなら、相手に対して共感を覚えることになろう。このようなことから、たとえば、直接的なコミュニケーション行動に加わっていない登場人物の役割というのが分析の視野にはいってくる。すぐに指摘できるのは、『訴訟（審判）』における窓から見ている人たちの役割である。これを「お見通し発言」の変奏と捉えることができるだろう。しかし、本書ではこの点についてこれ以上立ち入らない。

5. おわりに

　本章では、『訴訟（審判）』や『城』という2長編作品と同様に、もう1つの長編『失踪者（アメリカ）』においても、形式的に「お見通し発言」と見なしうる用例が認められることを確認した。ただし、他の長編2編とは異なり、戦略的に自分の力を誇示し、対人関係を有利に運ぶための「お見通し発言」ではなく、むしろ、相手を深く理解していることを示す共感的機能をもっていることが明らかになった。ロビンソンとカールのやり取りにおける、そのような「お見通し発言」の使用は、両者の社会的弱者としての境遇を背景にしていると言える。このような例が示しているように、相手の考えを見通すことは、相手を支配下におこうとするだけでなく、相手への思いやりを示す手段にもなり、「お見通し発言」の機能が多面的であることがわかった。

　また、本章では、「お見通し発言」のバリエーションとして、知覚動詞の *sehen* の使用例を見た。これも「お見通し発言」と同等の機能を果たすことがわかった。これについては、第7章で再び触れることになろう。

第5章 「お見通し」行為としての手紙
―― 『父への手紙』の証例 ――

0. はじめに

　前章までは、「お見通し発言」と見なされる形式を有する発言をカフカの短編と長編の作品数編を例に分析し、「お見通し発言」には複数の機能があることを確認した。さらにそれに基づいて、その機能と作品のテーマとの間に一定の関連性があることも指摘した。本章では、「お見通し発言」という発話の基本は手紙という形式に潜在的に認められるものであるとの仮定に基づき、カフカの『父への手紙』(*Brief an den Vater*) を「お見通し発言」という観点から分析を試みる。

1. 問題設定

1.1. 『父への手紙』の内容構成
　手紙とは、一般に、1人称の書き手が2人称の名宛人に向けて書く文章形式のことである。『父への手紙』は、フランツ・カフカが書き手として、父親のヘルマン・カフカを名宛人として書いた実際の手紙がもとになっている（Binder, 1975: p. 422-427）。内容の大部分は、自分をなぜ怖がるのかという父親からの問いに対して、息子のカフカが書面でそれに答えるという形式で、父親を恐れる根拠を克明に説明することに費やされる。その根拠説明の後、手紙文の末尾近くで父親の視点から父親の口を借りて、息子

自らの提示した根拠を批判させ、そしてその父親の批判に対してさらに息子から反論を加えて手紙は終わる。

　この内容構成の分量比について言うと、本文の大部分、校訂版のページ数換算で全75ページのうち72ページ分にあたる96％が、父親からの問いに対する答えとしての理由説明に充てられている。つまり、手紙文のほとんどすべてが、父親を恐れる根拠の提示として、息子の視点を中心に、幼少期から婚約およびその解消に到るまでの自分の人生と父親との関わりに関する子細な説明に充てられているわけである。したがって、この手紙はカフカ自らの手による半生の記、自伝といってもいい（書簡体小説と自伝的小説・日記体小説との物語形式に関する異同については、山田（2007）を参照）。

1.2. 先行研究

　『父への手紙』はカフカ自身による生い立ちの説明、すなわち、自伝の一種と理解されているため、基本的に、他のカフカ作品の背景にある執筆動機やテーマなどの解明に利用され、とりわけ作品解釈の際に言及されることが多い。そのため、『父への手紙』そのものを対象にした先行研究はそれほど多くはない。しかしながら、日本における『父への手紙』自体を対象にした研究としては、たとえば、辻（1971）、有村（1985）、庄子（1983）、水野（1985）、牧（1988）、山中（2000）、池内（2004）、日中（2004）などがあるが、これらは、『父への手紙』の記述に基づき、カフカの半生を追いながら、家族間の出来事と創作との関連を論じるものがほとんどである。ただし、辻（1971b）は手紙末尾にある想定された父親の立場からの発話の意味に関して言及はしている。しかし、「お見通し発言」との関連ではもちろんない。このように先行研究のほとんどは、創作活動や作品自体の背景理解のために利用されているので、手紙における発話形式などには関心を向けていない。そのため、本章のような「お見通し発言」という発言形式に着目した言語学的な研究は存在していないので、本研究は『父への手紙』に新たな研究の視点を提供する分析と位置づけるこ

とができるだろう。

1.3. 手紙と「お見通し」行為

　手紙は1人称の語り手が自分自身のことや、2人称や3人称で表わされる人物の行動を叙述するものである。しかしながら、語り手本人以外の2人称や3人称で指示される人物の内面世界は、基本的に推測することしかできない。したがって、そのような人物の考えを断定的に決めつけて提示する場合は、それを「お見通し発言」もしくはその変種と見なしてよかろう。変種というのは、前章までの「お見通し発言」の条件に必ずしもあてはまらない種類の発言のことである。

　具体的に見てみよう。手紙の導入部において、父親の視点から息子についての考えを提示する箇所がある。そのドイツ語原文と日本語試訳を挙げる（以下同様）。なお、使用テクストに関する詳細は、巻末の「使用テクスト」を参照のこと。

> <u>Es scheint Dir etwa so zu sein:</u> Du hast Dein ganzes Leben lang schwer gearbeitet, alles für Deine Kinder, vor allem für mich geopfert, ich habe infolgedessen „in Saus und Braus" gelebt, habe vollständige Freiheit gehabt zu lernen, was ich wollte, habe keinen Anlaß zu Nahrungssorgen, also zu Sorgen überhaupt gehabt; …
>
> 　　　　　　　　　　　　　　　　（*Brief an den Vater*, p. 143-144）

> <u>あなたには、たとえばこんなふうに思えたのでしょう。</u>自分は、生涯ずっと、激しく働きづめであった。子供たち、とりわけぼくという息子のために、すべてを犠牲にした。おかげで、息子は「のほほんと」暮し、習いたいことを思いどおりに習い、食べ物の心配などこれっぽっちもなく、つまりは、およそ心労というものを知らずにきた。…
>
> 　　　　　　　　　　　　　（飛鷹訳『父への手紙』, p. 123）

下線部は、*scheint*（不定形は scheinen）という証拠性 (evidentiality) [1] に関わる動詞を用いることにより、父親の視点を距離を置いて客観的に表現しようとしている（ただし、日本語訳では、「でしょう」という推量のモダリティが付加され、さらに断定性が弱められている）。そして、後続する文章で、その父親の視点から、語り手の息子のことに言及する。
　その言及の後、息子に関する父親の判断をまとめる表現が登場する。

> Faßt Du Dein Urteil über mich zusammen, <u>so ergibt sich</u>, daß Du mir zwar etwas geradezu Unanständiges oder Böses nicht vorwirfst (mit Ausnahme vielleicht meiner letzten Heiratsabsicht), aber Kälte, Fremdheit, Undankbarkeit. Undzwar wirfst Du es mir so vor, als wäre es meine Schuld, ..., während Du nicht die geringste Schuld daran hast, es wäre denn die, daß Du zu gut zu mir gewesen bist.
> 　　　　　　　　　　　　　　　　　　　　（*Brief an den Vater*, p. 144）

> こんなわけで、息子についての判断をまとめてみると、具体的に不作法な点や悪い点をいちいち非難こそしないが（例外はたぶんぼくのこの間の結婚のもくろみでしょう）、あの冷たさ、よそよそしさ、忘恩ばかりは、いくらなんでも目に余る、<u>ということになる</u>。そこで父上、あなたは、あたかもそれがぼくの咎であり、(…) ぼくを非難される。そしてあなた自身には、息子のぼくに甘すぎたという点を除けば、なんら咎はない、と断定されるのです。
> 　　　　　　　　　　　　　　　　　　（飛鷹訳『父への手紙』, p. 123-124）

　そこでは、*scheinen* という動詞と同様に、*ergibt sich*（不定形は sich ergeben）という客観性を帯びた表現が用いられている。すなわち、これは、息子のカフカによる父親の考え方の記述であるが、それが主観によるもの

---

1 証拠性とは、判断の根拠が推量、伝聞、知覚などによることを示す文法指標のことである。詳しくは、Nishijima (2015) を参照のこと。

ではないことを表現しようとしている。ということは、父親の判断を明らかなこととして断定しているので、これ自体が「お見通し発言」と機能は同じであるといってよかろう。

　このような父親による息子に関する判断を、今度は息子が評価し、承認する。これまでは父親の考えを指摘し、父親の視点からまとめたわけだが、ここでは書き手の自分（息子）の立場を表明し、お互いに咎がないことを確認する。

> Diese Deine übliche Darstellung halte ich nur soweit für richtig, daß auch ich glaube, Du seist gänzlich schuldlos an unserer Entfremdung. Aber ebenso gänzlich schuldlos bin auch ich.
>
> 　　　　　　　　　　　　　　　　　　　（*Brief an den Vater*, p. 144）

> あなたの口ぐせになったこの言われようを、ぼくもいちおうは認めます。われわれの疎遠化について、あなたにはなんの咎もないのだ、というぼく自身信じているところがあるのですから。しかし、ぼくのほうも、父上とまったく同様に咎がないのです。
>
> 　　　　　　　　　　　　　　　　　　　（飛鷹訳『父への手紙』, p. 124）

　このように２人の間の問題状況を息子の視点から確認した後、父親のお見通し能力について言及し、その根拠として父親の発言を引用する。

> <u>Irgendeine Ahnung dessen, was ich sagen will, hast Du merkwürdigerweise.</u> So hast Du mir z.B. vor Kurzem gesagt: „ich habe Dich immer gern gehabt, wenn ich auch äußerlich nicht so zu Dir war wie andere Väter zu sein pflegen, eben deshalb weil ich mich nicht verstellen kann, wie andere".
>
> 　　　　　　　　　　　　　　　　　　　（*Brief an den Vater*, p. 145）

> <u>ぼくが何を言おうとしているのか、奇妙なことに、父上のほうでもう</u>

<u>すうす感づいておられます。</u>たとえばつい最近もこう言われました。
「わたしは、これまでずっと、おまえを愛してきた。なるほど外見上は、よその父親が普通とるような態度ではおまえに接してこなかったが、それはわたしが、他の連中のように自分を偽ることができないからだ」

(飛鷹訳『父への手紙』, p. 124)

息子がこの手紙で問題にしようとしている父親の子供に対する態度のことを後続する文章で説明していくことになるが、下線部の *merkwürdigerweise*（奇妙なことに）という表現により、それを父親が予想できていることに驚きを表明している。これは何を意味しているのであろうか。

1.4. 仮説設定

上節では、『父への手紙』の冒頭部を中心に父親の視点からの説明と息子であるカフカの視点からの記述が交互に現われているのを見てきた。この視点の交替をもとに考えると、『父への手紙』では3種類の「お見通し発言」が想定可能である。1つは、手紙の書き手である息子のフランツ・カフカによる「お見通し発言」であり、2つめは、父親ヘルマン・カフカが発する「お見通し発言」である。前者はこの手紙の書き手であるカフカ本人が父親の考えを見通して発するものであるが、後者は父親が息子の考えを見通して発するものである。後者はしかし、この手紙の書き手が父親の行動を想定し、その父親の口をかりて息子の考えを述べさせる発言であり、二重の「お見通し」行為が背景にあるわけである。ここで、さらにもう1つの「お見通し発言」が想定される。父親の視点を父親の口を借りて発言させる発話では、1人称で表わされる父親の考えも、実は息子による「お見通し」行為が前提にある。したがって、父親の発言として、自分の考えを述べる際、それ自体が息子の「お見通し発言」となる。発話者が形式的に異なっていたとしても、この3タイプの「お見通し発言」はすべて、カフカ自身によるものとなる。図式で示すと次のようになろう：

息子の視点：2人称の主語（父親）＋思考動詞
　　　　　→息子による「お見通し発言」（父親の内面世界の提示）
父親の視点：2人称の主語（息子）＋思考動詞
　　　　　→父親による「お見通し発言」（息子の内面世界の提示）
　　　　　1人称の主語（父親）＋思考動詞
　　　　　→息子による「お見通し発言」（父親の内面世界の提示）

　すでに述べたように、『父への手紙』の末尾にある、息子の説明に対する父の口をかりた発言は、それまでのカフカの半生で直接に聞いた父親の「事実」としての発言とは異なり、息子のカフカが想定したものである。これは、語り手である息子が推測したものであり、したがって、父親の考えを見通していることが前提となる。とすると、『父への手紙』に提示される父親の発言、父親の口をかりた発言の基本には、「お見通し」行為があり、この発言全体を「お見通し発言」と見なすことができる。そして、その「お見通し」行為によって、書き手の息子は父親に対して優位な位置にあること、父親をある意味で凌駕し、支配していることを宣言するものでもある。そのことをいみじくも語っている箇所がある。

> Darauf antworte ich, daß zunächst dieser ganze Einwurf, der sich zum Teil auch gegen Dich kehren läßt, <u>nicht von Dir stammt, sondern eben von mir</u>.
>
> 　　　　　　　　　　　　　　　　（*Brief an den Vater*, p. 216）

> これに対しては、ただこうお答えしておきます。まずなによりも、部分的には父上自身にはね返るところもあるこの反駁全体が、<u>じつは父上のお言葉でなく、ほかならぬぼくの書いたものだということです。</u>
>
> 　　　　　　　　　　　　　　　（飛鷹節訳『父への手紙』、p. 170）

この下線部の *eben von mir*（「ぼくの書いたもの」）という表現により、相手である父親の考えがすでに「お見通し」状態にあることを述べている。すなわち、息子が父親よりも優位な地位関係にあることを示唆するものであり、この書く行為において父親を凌駕している、父親よりも優位にある、という主張がこの手紙の結論になると仮定できる。ここで、冒頭近くで、父親が「お見通し」行為に近いことができていることに息子が驚きを表明した箇所を思い出そう（「奇妙なことに」を意味する *merkwürdigerweise* という副詞による）。息子のカフカには当然のことながら「お見通し」行為が前提とされているが、父親にはそのような能力が十分に備わっていないという判断に基づく。したがって、本章では、手紙を書くという行為によって、相手より優位な立場にあることを証明し、それを確認しようとしているとの前提に立ち、その具体的な現われとして「お見通し発言」が出現するかどうか、するとすればどのような形式で出現するのかを調査し、分析する。

1.5. 分析方法

　対象とする発話は、カフカ自身の生い立ちの説明の後にある、父親の口をかりた反論部分である（校訂版, p. 214-216）。この部分は、あくまで想定上の発話であり、この発話全体こそが「お見通し」行為に基づく「お見通し発言」と言えるからである。すでに触れたように、「お見通し発言」は3種類ある。1つは、カフカ自身による「お見通し発言」であるが、これは名宛ての父親との会話の中で開陳される父親の思考内容を表現する発話である。2つめは、父親の発話の中に現われる、息子の考えを断言する発話である。そして、3つめは、父親の発言内で、1人称によって父親の内面世界に言及する発話である。この3種類の発話がどのような形式や特徴をもつのか、という観点から分析する。

2. 結果と考察

2.1. 父親の考えを提示する「お見通し発言」

　父親の内面世界を提示する「お見通し発言」は2種類を区別できる。1つは、息子による発話で、2人称（Du）の父親の考えを断言するもの、もう1つは、父親の発話において、1人称（ich）で父親自身の考えを自ら提示する発話である。後者は、父親自体の発言が息子による想定を前提としているので、自己（1人称）に関する言及が息子による「お見通し発言」となるわけである。しかし、分析対象となる手紙の末尾の発話では前者の例は出現していない。後者のみを取り上げることにする。

　父親の発話では、自らの考えを述べる箇所がある。この部分は、カフカが父親になりかわって書いている、すなわち、息子が父親のありうる反応を想定しているので、父親の内面世界が提示されている。1人称の主語（ich）と思考動詞（glauben）の組み合わせ（ich glaube）があれば、それは「お見通し発言」と見なしてよかろう。

　… ich glaube, daß Du trotz äußerlicher Anstrengung es Dir zumindest nicht schwerer, aber viel einträglicher machst.
　　　　　　　　　　　　　　　　　（*Brief an den Vater*, p. 214）

　しかしわたしが思うのに、おまえのほうこそ、はた目には苦労しているようにみえて、すくなくともわたしより難儀せず、むしろはるかに得をしているのではないか。
　　　　　　　　　　　　　　　　　（飛鷹訳『父への手紙』, p. 168）

　1人称主語と思考動詞により、父親の考えが提示されているが、これは息子が想定したものである。日本語訳は修辞疑問形式をとり、「お見通し発言」と同じように断言する効果を狙っているようにも見える（「お見通

し発言」の日本語訳に関する、より立ち入った問題については第8章で取り上げる)。

次の例も、父親の発話内での1人称を主語とした表現である。

 <u>Ich gebe zu</u>, daß wir miteinander kämpfen, aber es gibt zweierlei Kampf.
(Brief an den Vater, p. 215)

 わたしとおまえの仲が、闘いであることは<u>認めよう</u>。しかし闘いには二種類ある。
(飛鷹訳『父への手紙』, p. 169)

 下線部の認めるという行為(不定詞は zugeben)も判断を言明することなので、息子による「お見通し発言」に分類した。
 次の発話では、1人称主語 <i>ich</i> と話法の助動詞 <i>wollte</i> と <i>will</i>(不定形は wollen)が使われている例だが、時制が過去形と現在形の2種類ある。

 Das fiel mir nun aber gar nicht ein. <u>Erstens wollte ich Dir hier, wie auch sonst nie „im Deinem Glück hinderlich sein" und zweitens will ich niemals einen derartigen Vorwurf von meinem Kind zu hören bekommen.</u>
(Brief an den Vater, p. 216)

 これはわたしには思いも寄らぬことだった。<u>第一、いつだってそうだが、この場合もわたしは『おまえの幸福の邪魔』をしようとは望まなかったし、第二に、わたしは自分の子供からは絶対にそのような非難を浴びたくはない。</u>
(飛鷹訳『父への手紙』, p. 169)

 下線部の前半の発話は、現在のことではなく、過去のことではあるが、

「お見通し発言」に分類してよかろう。この発話が通常の「お見通し発言」と異なるのは、過去の事態に対する断言だという点だ。しかし、これについては、第3章の『訴訟（審判）』の分析で触れたように、「お見通し発言」は、拡大解釈して過去をも含めて捉える必要がある。「見通す」行為は、現在のことだけでなく、過去のことについても実行できるからである。しかし、この問題は本書ではこれ以上立ち入らない。

2.2. 息子の考えを提示する父親による「お見通し発言」

　父親の口を通して語られる息子の考えに関する「お見通し発言」の例である。

> Während ich aber dann so offen, wie ich es auch meine, die alleinige Schuld Dir zuschreibe, <u>willst Du gleichzeitig „übergescheit" und „überzärtlich" sein und auch mich von jeder Schuld freisprechen.</u>
> 　　　　　　　　　　　　　　　　　　　(*Brief an den Vater*, p. 214)

> わたしはあけすけに、事実思っているとおりに、咎はあげておまえにあると言ってのけるのに、<u>おまえのほうは『きわめて如才なく』同時に『きわめて繊細な』お人柄を発揮して、このわたしにもいっさい罪はないのだとのたまう。</u>
> 　　　　　　　　　　　　　　　　　　　(飛鷹訳『父への手紙』, p. 168)

　下線を施した部分が「お見通し発言」に相当する。これは父親から息子への発言なので、ここの2人称（Du）は息子を指示している。その定動詞（助動詞 willst）によって、父親が息子の意図を明言している。これは息子のカフカ自身が父親の立場にたって父親がその話し相手である息子の思考内容、ここでは息子の意図を見通したことを断言しているので、「お見通し発言」と見なされる。

　次の例も、息子の意志を提示する発話である。

Natürlich gelingt Dir das letztere nur scheinbar (<u>mehr willst Du ja auch nicht</u>) und es ergibt sich zwischen den Zeilen trotz aller „Redensarten" von Wesen und Natur und Gegnesatz und Hilflosigkeit, daß eingenlich ich der Angreifer gewesen bin, während alles, was Du getrieben hast, nur Selbstwehr war.

(Brief an den Vater, p. 214)

もちろんこの免罪の点では、おまえもうわべだけの説得しかできず（<u>それ以上のことをやる気は最初から無いのだ</u>）、やがて文面を読み進むにつれて、人柄、本性、対立、孤立無援とかいった、たいそうな『言い廻し』にもかかわらず、要するにほんとうはわたしが加害者だったので、おまえのやった事はすべて自己防衛にすぎないことが、行間からにじみ出てくるしくみだ。

(飛鷹訳『父への手紙』, p. 168)

上例と同様に、2人称（Du）と定動詞（willst）が使用されている。次の例の時制は現在完了形による過去である。

<u>Du hast es Dir nämlich in den Kopf gesetzt, ganz und gar von mir leben zu wollen.</u>

(Brief an den Vater, p. 215)

<u>というのも、おまえは、わたしの脛をとことん齧ってやろうと思い付いたのだ。</u>

(飛鷹訳『父への手紙』, p. 169)

たしかに、過去に関わることであるが、父親によって息子の考えが断定されている。すでに第3章で述べたように、過去の意図を断言しているが、

拡大解釈により、これも「お見通し発言」と見なすことができよう。

次の例は、相手にゆだねるという態度を示すものである。

> ... ich habe ja die Verantwortung, Du aber streckst Dich ruhig aus und lässt Dich, körperlich und geistig, von mir durchs Leben schleifen.
>
> （*Brief an den Vater*, p. 215）

> 責任は親父にあるのだというわけで、おまえはのうのうと寝そべり、身心ともに父親のわたしに預けっぱなし、あなたまかせの人生を過ごそうという寸法だ。
>
> （飛鷹訳『父への手紙』, p. 169）

下線部では、父親にすべてをゆだねて暮らそうという息子の態度が述べられているが、これも思考内容に分類できるので、「お見通し発言」と見なしてもよかろう。

次の例は過去の意志を表現する発話である。

> Als Du letzthin heiraten wolltest, wolltest Du, das gibst Du ja in diesem Brief zu, gleichzeitig nicht heiraten, wolltest aber, um Dich nicht anstrengen zu müssen, daß ich Dir zum Nichtheiraten verhelfe, indem ich wegen der „Schande", die die Verbindung meinem Namen machen würde, Dir diese Heirat verbiete.
>
> （*Brief an den Vater*, p. 215-216）

> 最近おまえは結婚をしようとしたが、そのときおまえは同時に、この手紙でも認めているとおり結婚しないことを望み、しかも自分では苦労せずに済むように、わたしがおまえの破談に手をかすことを求めた。この縁組がわたしの名前にくわえるであろう『恥辱』をたてに、父親のわたしがこの結婚を禁じる、という体裁をとりつくろいたかったの

だ。

(飛鷹訳『父への手紙』, p. 169)

　下線部では、*wolltest*（助動詞 wollen の過去形）により、2人称（Du）で表わされる人物（息子）の過去の意志を表明しているが、すで第3章で認定したように、これも「お見通し発言」と見なすことができる。
　次の例の述語 *schmarotzest*（不定形は schmarotzen（寄生する））は思考動詞ではない。

> Wenn ich nicht sehr irre, schmarotzest Du an mir auch noch mit diesem Brief als solchem.
>
> (*Brief an den Vater*, p. 216)

> わたしのたいした思い違いでなければ、この手紙自体にしても、わたしの身中になおも寄生しようとするおまえのたくらみではないか。
>
> (飛鷹訳『父への手紙』, p. 170)

　たしかに思考動詞ではないが、手紙という手段によって以前と同じように父親の世話になって生活しようとの息子の意志が背後に見えるので、「お見通し発言」と見なすことができるだろう。

2.3. まとめ

　以上、『父への手紙』の末尾にある父親の口をかりた発話を対象に「お見通し発言」の例を分析してきた。予想どおりに2種類の「お見通し発言」が確認された。その機能はいずれも、相手の考えを見通しているということから、優位な立場にあることを表明するものである。父と息子の葛藤がテーマの手紙なので、共感や話の展開といった機能よりも、洞察能力の優位性が問題となるのは十分予測できることである。

3. おわりに

　本章では、手紙という形式自体が「お見通し」行為と関連しているという前提のもと、そこで言及される発話を「お見通し発言」という観点から分析した。その結果、複数の「お見通し発言」が認められた。それらの「お見通し発言」は息子の「お見通し」能力を誇示するものであり、「お見通し発言」が提示する相手の考えを、反論・否定することによって、この手紙自体が、息子が父親を凌駕していることを伝えようという意図を有していることを例証した。
　次章では、1人称による物語であるが、そこで話題となる「お見通し」能力の優劣がその登場人物間の力関係を決定する例を見る。

第6章 「お見通し」能力と優位性
——『小さな女』の証例——

0. はじめに

　前章で分析した『父への手紙』(*Brief an den Vater*) は一種の書簡体小説であるが、本章で扱う『小さな女』(*Eine kleine Frau*) はモノローグからなる語りである。そこでは、ある女性およびその他の人物に関して「お見通し」能力の優劣が主題となっている。カフカ作品における人間関係の基本は、他者に対する自己の優位性の主張であり、その優位性を担保するのは他者が考えていることを見通す能力にあるように思われる。本章では、この作品を「お見通し」能力、すなわち、相手の考えを見抜く能力の優位性をめぐる心の葛藤という観点から分析を試みる。この観点により、語り手の「お見通し」能力が他者のそれを凌駕しているので、結局のところ、語り手の悩みはそれほど問題とはならないとの結論にいたる過程を考察する。同様の構造は、『父への手紙』にも見られるので、本研究は『父への手紙』の構造との並行性を明らかにすることになろう。

1　問題設定

1.1.　「お見通し発言」と「お見通し」能力
　『小さな女』は、1人称単数の人称代名詞（ich）で言及される語り手が、ある小さな女（eine kleine Frau）との関係について語る作品である。語り

手の説明によると、この女性は語り手によって不快な思いをさせられているという。語り手にはそのような意図はないのだが、女性の怒りをかっているらしいのだ。このことをめぐって語り手はあれこれ苦悩し、考えをめぐらせる。それがこの小説の内容である。描かれるのは、基本的に、語り手が想定する世界である。相手の女性が実際にどう考えているのか、2人の関係を周りの人たちがどう捉えているのか、これらについては語り手の語りを通して提示されるのみである。語り手によって他者の内面世界が見通されているわけである。そのような見通す行為は相手の思考内容を断定的に提示する「お見通し発言」の基礎となるものなので、「お見通し」行為と名づけることができる。

1.2. 問題提起

この作品では、登場人物間の人間関係や怒りを買う状況に関して極めて抽象的な記述しか提供されていないので、どうしてこのような問題状況が生じてしまっているのか、その具体的な原因が想像しがたい。野村廣之（2005）が論じているように、女性の怒りやそれに伴う語り手の苦悩を主題にしているように見えるが、それ自体に焦点をあてているというよりも、思い込みや想像力などによって事態の深刻度の理解が変化する可能性についてまとめた小品であるように思われる。事実、*durchschauen*（見通す）、*merken*（気づく）、*einsehen*（洞察する）、*erkennen*（認識する）という認識に係わる特定の動詞が要所要所でメタ言語的に使用され、その動詞によって表わされる認識の度合いの違いとその主語との係わりにより認識能力に優劣が存在していることが提示される。その中には、「お見通し発言」を暗示するような表現も使用される。「お見通し発言」とは、ここで改めて簡単に説明すると、話し手が対話相手に対して、その人物の考えていることを面と向かって断定的に提示する発話のことである。この作品では、登場人物間に対面コミュニケーションが行なわれるわけでもなく、また、『父への手紙』とも異なり、直接話しかける相手が想定されているわけでもない。その意味で、「お見通し発言」自体は出現しない。

ここで『小さな女』と『父への手紙』の異同について見ておこう。両者とも、1人称の語り手によって描かれる。ただし、『父への手紙』の登場人物は語り手とその父親であり、それぞれ1人称と2人称で描写されるが、父親の視点からの発言も提示される。他方、『小さな女』では1人称の語り手と3人称で提示される小さな女、そして世間の人々が登場するが、語るのは語り手のみである。『父への手紙』では、それぞれの相手を主語にした「お見通し発言」が認められるが、『小さな女』ではそもそも発言は記されていない。すべてが地の文によって構成されている。そのかわりに、「お見通し」行為に関連する動詞が、上で指摘したように、メタ表現として使用される。したがって、両作品とも「お見通し発言」の基礎となる「お見通し」行為は共通してなされていると言える。

　「お見通し」能力に関して、『父への手紙』では、父親よりも語り手の息子のほうが勝っていることが最終的に確認され、これにより、息子の優位性が主張される。本章では、①『小さな女』も同様に、小さな女と公衆（世間）との関係において、「お見通し」能力の優劣がこの作品のテーマになっていることを指摘し、②語り手の「お見通し」能力が他の登場人物よりも勝っていること確認し、納得する過程を明らかにする。この作業によって、『小さな女』が『父への手紙』と「お見通し」能力の優劣という点で同様の構造を持つことを主張する。

　次節では、「お見通し」行為が具体的にどのように事態と関連づけられて描かれるのかを見てみる。

2. 「お見通し」行為の表現

　作品の中で、事態が、事実関連として叙述されるのか、推量などによる主観関連として提示されるのかを見てみよう。その際、認識にかかわる動詞にも着目することにより、事態把握の認識能力がどのように扱われているのかを確認することができるはずである。

まず、女性の不満や行動は、直説法という叙述形式により事実関連として提示される。次のドイツ語原文で下線を施してある定動詞はすべて直説法である（以下の引用における下線部等による強調あるいは括弧等による補足は論者による）。なお、参考のために、原文の下に日本語訳を載せておく（使用テクストに関する詳細は、巻末の「使用テクスト」を参照のこと）。

> Diese kleine Frau nun <u>ist</u> mit mir sehr unzufrieden, immer <u>hat</u> sie etwas an mir auszusetzen, immer <u>geschieht</u> ihr Unrecht von mir, ich <u>ärgere</u> sie auf Schritt und Tritt; …
>
> (*Eine kleine Frau*, p. 322)

> ところでこの小さい女はぼくに対してひどく不満を抱いている。彼女はいつでもぼくに不平を言い、絶えずぼくから迷惑を蒙ると称している。ぼくは一歩ごとに彼女を焦立たせる<u>らしい</u>のだ。
>
> （円子修平訳『小さい女』, p. 161-162）

女性が語り手に対して不満をもっていることが提示される。その根拠として、語り手に対していつも批判することが挙げられる。その批判の内容は、語り手から不当な扱いを受けたり、語り手が女を怒らせているというものだ。これらはすべて、直説法という形式が採用され、事実関連として提示されている。ところで、日本語では人称制限と呼ばれる、主語と思考動詞との間に文法的制約がある。そのために、日本語訳では3人称の内面世界は推量（「らしい」）というモダリティを用いて表わされるが（日本語訳の下線部参照）、ドイツ語や英語ではそのような制限がないので、女の不満が事実関連として提示される[1]。

---

1 これは102ページでふれた「証拠性」という観点からの研究テーマとなりうる。詳細については、Nishijima (2015) を参照。なお、人称制限による日本語翻訳への影響については、第8章で論じる。

語り手が、なぜこの女性を怒らせるのかその理由を考えてみよう。その理由は *mag sein, daß...* という表現により可能性として提示される（下線部参照）。したがって、語り手にもその根拠が十分に明確でないことがわかる。

Ich habe oft darüber nachgedacht, warum ich sie denn so ärgere; <u>mag sein, daß alles an mir ihrem Schönheitssinn, ihrem Gerechtigkeitsgefühl, ihren Gewohnheiten, ihren Überlieferungen, ihren Hoffnungen widerspricht</u>, ...
(*Eine kleine Frau*, p. 322)

ぼくは自分がどうしてこんなに彼女を怒らせるのか、なんども考えてみた。<u>ぼくのすべてが、彼女の審美感覚や正義感、習慣、伝統、希望に抵触するのかもしれない</u>。
(円子訳『小さい女』, p. 162)

　語り手に関することのすべてが、女の美意識や正義感などに抵触しているのではないかという可能性がこの推測という形式 *mag sein, daß...* を用いて指摘されるわけである。
　この女性と語り手との間には語り手が原因で女性を悩ませるような関係が全くないことが指摘される。したがって、語り手を無関係な他人と見なせば、問題は解消されるはずである。それが英語の仮定法に相当する叙述形式の接続法2式を用いて語り手の推測として提示される（一重下線部参照）。

Es besteht ja gar keine Beziehung zwischen uns, die sie zwingen <u>würde</u>, durch mich zu leiden. Sie <u>müßte</u> sich nur entschließen, mich als völlig Fremden anzusehn, ... – und alles Leid <u>wäre</u> offenbar vorüber. ... sie <u>kümmert</u> nichts anders als ihr persönliches Interesse, nämlich die Qual zu rächen, die ich ihr bereite, und die Qual, die ihr in Zukunft von mir droht, zu verhindern.

(*Eine kleine Frau*, p. 322-323)

　ぼくたちの間には、彼女がぼくのせいで苦しまねばならないような関係はまったく存在しない。彼女はただ、ぼくを赤の他人と見做す決心をしさえすればいいのだ。(略) そうすればきっとあらゆる苦痛は消えてしまうだろう。(略) 彼女の心を占めているのは、彼女自身に関することばかり、つまりぼくが彼女にあたえた苦痛に復讐し、将来ぼくが彼女に加えるかもしれない苦痛を芟除することばかりなのだ。

(円子訳『小さい女』、p. 162)

　このように、この女性は語り手を関係のない他人として扱いさえすれば、自分の悩みはなくなるはずであるが、彼女はそうしない。苦しみを与えられていることに対して報復しようとしたり、さらなる苦しみを避けようと、一方的に心を砕いていることが直説法により事実関連として説明される（二重下線部 *kümmert* 参照）。同じことは、後段でも次のように指摘される。

　..., da mir ja die Frau völlig fremd <u>ist</u> und die Beziehung, die zwischen uns <u>besteht</u>, nur von ihr hergestellt <u>ist</u> und nur von ihrer Seite aus <u>besteht</u>.

(*Eine kleine Frau*, p. 326)

　なぜなら彼女はぼくにとって赤の他人であり、ぼくたちの間にある関係は彼女が作り出して、彼女の側からの一方的なものにすぎないのだからと、(略)

(円子訳『小さい女』、p. 164)

　このように、ここにおいても語り手にとって本来関係はないのに、関係が女性の側から一方的に作り上げられていると直説法により事実関連として指摘される（下線部参照）。
　しかし、関係がないとはいえ、彼女の怒りが彼女の体調に影響を与えて

いるのは外見からして明らかなので、ある種の責任はあるということが直説法により事実関連として指摘される。話が前後するが、次の箇所で確認してみよう（下線部の定動詞 *liegt* 参照）。

> Auch <u>liegt</u> ja, wenn man will, eine gewisse Verantwortung auf mir, denn so fremd mir die kleine Frau auch ist, und so sehr die einzige Beziehung, die zwischen uns besteht, der Ärger ist, den ich ihr bereite, oder vielmehr der Ärger, den sie sich von mir bereiten läßt, <u>dürfte</u> es mir doch nicht gleichgültig sein, wie sie sichtbar unter diesem Ärger auch körperlich leidet.
> (*Eine kleine Frau*, p. 323)

> あるいはぼくにも一種の責任があるのかもしれない。なぜなら、この小さい女はぼくにとって赤の他人ではあるけれども、そしてぼくたちの間にある唯一の関係は、ぼくが彼女に掻き立てる忿懣、あるいはむしろ彼女が自分からすすんでぼくをきっかけにして掻き立てる忿懣であるとしても、彼女がこの忿懣のために肉体的にも目に見えて苦しんでいることに、ぼくが無関心でいることは許されないであろうからだ。
> （円子訳『小さい女』, p. 162）

怒りの体調への影響が明らかなので、無関心でいられないだろうとの語り手の判断が接続法2式の助動詞により推測として提示される（二重下線部 *dürfte* 参照）。

女の体調に影響があることから、まわりの人たちがそれを心配し、その原因を探ろうとするが、見つけられないことが直説法により事実関連として指摘される（下線部参照）。

> ... sie <u>macht</u> damit ihren Angehörigen Sorgen, man <u>rät</u> hin und her nach den Ursachen ihres Zustandes und <u>hat</u> sie bisher noch nicht gefunden.
> (*Eine kleine Frau*, p. 324)

（略）そのために彼女は親戚のひとたちに心配をかけているのだ。親戚のひとたちはあれこれとこんなことになった原因を推測しているが、まだそれをつきとめられずにいる。

(円子訳『小さい女』, p. 163)

親戚の人たちには彼女の体調不良の原因はわからないままである。しかし、その原因が怒りにあることを知っているのは語り手だけであると指摘される。そして、彼女には十分な強さが備わっているので自分で克服できるはずだと推量を表わす副詞（wahrscheinlich）を用いて述べる。

Ich allein kenne sie [die Ursachen ihres Zustandes], es ist der alte und immer neue Ärger. ... sie ist stark und zäh; wer sich so zu ärgern vermag, vermag <u>wahrscheinlich</u> auch die Folgen des Ärgers zu überwinden;

(*Eine kleine Frau*, p. 324)

しかしぼくだけは知っているのだ。前々からの、しかしそのつど新しい忿懣がその原因なのだ。（略）彼女は頑健で強靭な女なのだ。彼女のように憤慨できる人間はおそらくその憤慨が惹き起す結果をも克服できるのだろう。

(円子訳『小さい女』, p. 163)

ところが、実は彼女は苦痛を感じているふりをして、それによって世間の注意を語り手に向けさせているのではないかとの疑いを語り手はもつにいたる。語り手の存在自体のために彼女が悩まされていることを公表すること、そして、それを他者に訴えかけることは彼女にとって自分自身を貶めることになるだろうとの推測を接続法２式により述べる（前半一重下線部 *würde* を参照）。しかし、反抗心にのみ基づいて語り手の「私」と係わっている。したがって、そのような不純なことは、恥だということになる

であろうと同じく接続法2式により語り手の推測として述べられる（後半一重下線部 *wäre* を参照）。

> ... ich habe sogar den Verdacht, daß sie sich – wenigstens zum Teil – nur leidend stellt, um auf diese Weise den Verdacht der Welt auf mich hinzulenken. Offen zu sagen, wie ich sie durch mein Dasein quäle, ist sie zu stolz; an andere meinetwegen zu appellieren, <u>würde</u> sie als eine Herabwürdigung ihrer selbst empfinden; nur aus Widerwillen, aus einem nicht aufhörenden, ewig sie antreibenden Widerwillen beschäftigt sie sich mit mir; diese <u>unreine Sache</u> auch noch vor der Öffentlichkeit zu besprechen, das <u>wäre</u> für ihre Scham zu viel.
>
> (*Eine kleine Frau*, p. 324)

> ぼくは彼女が——すくなくとも部分的には——世間の嫌疑をぼくに向わせるために、苦しんでいるふりをしているだけなのだと疑ってすらいる。ぼくという存在が彼女にとって苦痛である、と公然と認めるには、彼女は誇りが高すぎる。ぼくごときもののことで他のひとびとに訴えるのは、自分を貶めるものでしかないと思うのだろう。ただ厭悪から、けっして熄むことのない、永遠に彼女を駆り立てる厭悪から、彼女はぼくに拘っているのだ。こういう<u>不健全な葛藤</u>を公衆の前にまでもちだして喋るのは、彼女の羞恥心にとって我慢のならないことだろう。
>
> （円子訳『小さい女』, p. 163）

ここでもう1点注意すべきなのは、彼女が語り手によって悩まされているということが不純なこと（unreine Sache）として語り手によって提示されている点である（二重下線部参照）。これは彼女の怒りが対抗心という個人的で勝手な理由であるとの語り手の評価を反映していると言える。ここに、女の一方的な思い込みによるものという、語り手の解釈が現われて

いると見ることができる。なお、日本語訳では、「不健全な葛藤」と訳されているが、この訳語では語り手の解釈が伝わりにくいだろう（日本語訳の下線部参照）。

話はさらに展開する。語り手の疑念のように、世間の目を語り手に向けさせようとする女性の側の期待が万が一実際にあったとしても（次の引用冒頭部における接続法２式の *sollten* により実現の可能性が極めて低いことが示唆されている点に注意）、それは彼女の思い違いである（täuscht）と直説法で断定的に表現している。世間は彼女の期待通りには動かないだろうと直説法の推量の助動詞 *wird* により語り手は述べているからだ。語り手は自分が女性が考えているような役立たずな人物ではないと直説法の *Ich bin* により断言し、彼女の眼にはそう見えているだけだと同じく直説法の *bin ich* により明言している。したがって、誰も納得させることはできないだろうと直説法の推量の助動詞 *wird* により述べている。

> Nun, <u>sollten</u> dies wirklich ihre Hoffnungen sein, so <u>täuscht</u> sie sich. Die Öffentlichkeit <u>wird</u> nicht ihre Rolle übernehmen; ... <u>Ich bin kein so unnützer Mensch, <u>wie sie glaubt</u>; ... <u>nur für sie, für ihre fast weißstrahlenden Augen</u> <u>bin ich</u> so, niemanden andern <u>wird</u> sie davon überzeugen können.
>
> （*Eine kleine Frau*, p. 325）

> ところで、もしほんとうにこんなことを望んでいるとすれば、彼女は思い違いをしているのだ。公衆はそんな役割を引き受けたりはしないだろう。（略）ぼくは彼女が考えるほど無用な人間ではない。（略）ただ彼女にだけ、彼女の白く光っている眼にとってだけぼくがそんなふうに映るのであって、いくら彼女がそう主張しても、誰も彼女の主張を信じないだろう。
>
> （円子訳『小さい女』, p. 163）

ここで、「彼女が考えるほど」(wie sie glaubt) により、また、「ただ彼女にだけ、彼女の白く光っている目にとってだけ」(nur für sie, für ihre fast weißstrahlenden Augen) とたたみかけるように、女性が予想していることや、女性の視点に映る語り手に言及される（二重下線部参照）。これは、語り手による女に対する「お見通し」行為であると見なすことができるだろう。つまり、女性の見方の限界を提示していることに注意しておこう。リヒターが正しく指摘しているように、この作品で唯一提示される女性の考えである（Richter, 1962: p. 240）。

　では、何が問題か。以下の引用で見るように、注意深い人の中には語り手の「私」に原因があることを見抜けるくらいに注意深い人がいると指摘される。そうなると、自分と女性との関係が世間に知れるところとなってしまい、その理由を問われることになるだろうと直説法の推量の助動詞 wird により推測する。そうなると、それに対抗するのが難しいだろうと語り手の予想が推量の助動詞 wird により提示される（一重下線部参照）。

> ... und einige Aufpasser, eben die fleißigsten Nachrichten-Überbringer, sind schon nahe daran, es zu <u>durchschauen</u> oder sie stellen sich wenigstens so, als <u>durchschauten</u> sie es, und es kommt die Welt und <u>wird</u> mir die Frage stellen, warum ich denn die arme kleine Frau durch meine Unverbesserlichkeit quäle und ob ich sie etwa bis in den Tod zu treiben beabsichtige ... - wenn mich die Welt so fragen <u>wird</u>, es <u>wird</u> schwer sein, ihr zu antworten.
>
> (*Eine kleine Frau*, p. 325-326)

そして偵察好きな連中はもうほとんど事情を見抜いているらしいが、あるいは、すくなくとも見抜いたふりをしているが、そのときには世間がやって来て、なぜお前はその性懲りもない悪質さでこの哀れな小さい女を苛めるのか、お前は彼女を死にまで追いつめるつもりなのか、（略）と問い糺すだろう——世間がぼくにそんな問を向けるとすれば、

それに答えることは困難だろう。

(円子訳『小さい女』, p. 163-164)

　ここで、世間の連中がこの事態を見抜くことに関して現在形の *durchschauen* および過去形の *durchschauten*（不定形は durchschauen）という認識能力に関わる「お見通し」動詞が使用されている点に注目しておこう（二重下線部参照）。周りの人の中には「お見通し」行為ができる人がいると見ているわけである。
　厄介な事態が起こらないように、世間が介入する前に彼女の怒りを和らげる必要がある。それには語り手自身が変わるしか道は残されていないだろうとの考えが接続法２式の *bliebe*（不定形は bleiben）によって提示される（下線部参照）。

　　So bliebe mir eigentlich doch nur übrig, rechtzeitig, ehe die Welt eingreift, mich soweit zu ändern, daß ich den Ärger der kleinen Frau nicht etwa beseitige, was undenkbar ist, aber doch ein wenig mildere.

(*Eine kleine Frau*, p. 327)

　したがって結局は、時機を失することなく、世間が介入して来る前にあの小さい女の忿懣を、消滅させることは不可能だとしても、いくらか和らげる程度にぼく自身を変えることしか残されていない。

(円子訳『小さい女』, p. 164)

　実際に変わろうと試みた結果、変化は起こったことが、以下に見るように、直説法過去形により事実関連として記述される（一重下線部参照）。しかし、その意図に気づかれてしまったので、失敗に終わった。そのことが次のよう述べられる。

　　Und ich habe es ehrlich versucht, ... einzelne Änderungen ergaben sich,

<u>waren</u> weithin sichtbar, ich mußte die Frau nicht auf sie aufmerksam machen, sie <u>merkt</u> alles derartige früher als ich, sie <u>merkt</u> schon den Ausdruck der Absicht in meinem Wesen; aber ein Erfolg war mir nicht beschieden.

(Eine kleine Frau, p. 327-328)

そしてぼくは、(略) まじめにそれをやってみた。(略) さまざまな変化が起り、人目にもつくようになったが、それに彼女の注意を促す必要はなかった。彼女はそういうことにはぼくよりも早く気がつく、ぼくの挙動からたちまちぼくがなにを企んでいるか見抜いてしまうのだ。成功はぼくにあたえられなかった。

(円子訳『小さい女』, p. 165)

　彼女に語り手の意図が気づかれていることが指摘されている。これは merkt（不定形は merken）という動詞の現在形で叙述されているので、習慣的であると考えることが示唆される（二重下線部参照）。女性の直感的な「お見通し」能力に言及しているわけである。
　しかしながら、女性による語り手への不満は、語り手の見るところ、根本的なものなので、取り除くことは不可能であることが、次のように、直説法現在形により事実関連として指摘される（下線部参照）。

Ihre Unzufriedenheit mit mir ist ja, <u>wie ich jetzt schon einsehe</u>, eine grundsätzliche; nichts kann sie beseitigen, nicht einmal die Beseitigung meiner selbst; ...

(Eine kleine Frau, p. 328)

ぼくに対する彼女の不満は、いまではぼくも洞察しているように、原則的なものなのだ。なにものも、たとえぼくが自分を抹殺したとしても、この不満を除去することはできない。

(円子訳『小さい女』, p. 165)

今度は、語り手の「見通す能力」が「いまではぼくも洞察しているように」(wie ich jetzt schon einsehe) に含まれる、本質を見抜くという意味で使用される動詞（不定形は einsehen）で説明される。

「見抜くこと」(einsehen) に関して言えば、次の引用にあるように、彼女の能力が語り手自身のそれより劣っているとは考えにくい（一重下線部参照）。彼女にはたしかに鋭い「見通す能力」が備わってはいるが、それが闘争心によって忘れられてしまうのだと直説法の動詞 vergißt（不定形は vergessen）により事実関連として指摘される（二重下線部参照）。

> Nun kann ich mir nicht vorstellen, daß sie, diese scharfsinnige Frau, dies nicht ebenso einsieht wie ich,... Gewiß sieht sie es ein, aber als Kämpfernatur vergißt sie es in der Leidenschaft des Kampfes...
> (*Eine kleine Frau*, p. 328)

ところでぼくはこの炯眼な女がこの事実を、(略) ぼく同様に洞察していないとはとうてい想像できない。確かに彼女は知っている。ただ生まれついての戦士である彼女は、闘いの情熱のなかでそれを忘れてしまう。

(円子訳『小さい女』, p. 165)

認識能力に関わる動詞 einsehen との関連で、すでに使用されている 動詞 durchschauen が再び提示される。女性の語り手への不満について友人に相談した際、問題は誰もが見通せるものであることが、次の引用にあるように、durchschauen という動詞を用いて指摘される（下線部参照）。この動詞はすでに指摘したように、表面上は見えにくい相手の心のうちを見抜くという意味であり、この引用の直前の文脈で使用されている 動詞 einsehen とほぼ同義で用いられている。

> ...; die Dinge liegen zwar einfach, jeder kann sie, wenn er näher hinzutritt, durchschauen, aber so einfach sind sie doch auch nicht, daß durch mein Wegfahren alles oder auch nur das Wichtigste in Ordnung käme.
>
> (*Eine kleine Frau*, p. 329)

> 事柄は確かに単純で、すこし立ち入って見れば誰だって見極めがつく。しかし、ぼくが旅行に出ることですべてが、あるいはいちばん肝腎なところだけにせよ、解決するというほど単純でもない。
>
> (円子訳『小さい女』, p. 165)

事細かに考えてみると、変化はあった。しかし、それは事態の変化ではなく、語り手自身の彼女に対する見方（Anschauung）が変わったことによるものだと指摘される（下線部参照）。

> Wie es sich ja überhaupt bei genauerem Nachdenken zeigt, daß die Veränderungen, ... keine Veränderungen der Sache selbst sind, sondern nur die Entwicklung meiner Anschauung von ihr, ...
>
> (*Eine kleine Frau*, p. 330)

> すこし詳しく考えてみればわかることだが、（略）変化は、事柄自体の変化ではなく、この事柄に関するぼくの考えの変化にすぎない（略）
>
> (円子訳『小さい女』, p. 166)

さらに、状況が理解できるようになったと思うことにより、落ち着いて事態と向き合えるようになったと説明される。

> Ruhiger werde ich der Sache gegenüber, indem ich zu erkennen glaube, daß eine Entscheidung, so nahe sie manchmal bevorzustehen scheint, doch

<u>wohl noch nicht kommen wird</u>;

(Eine kleine Frau, p. 330)

断罪は、しばしば目前にさし迫っているように見えても、結局はまだ行われないだろうということがわかったように思うので、この問題に対してぼくは前よりも冷静になった。

(円子訳『小さい女』, p. 166)

この記述によって、認識能力の変化したことがわかる。ここでは、<i>erkennen</i> という認識動詞が用いられ、見通す能力を表わしていることに注意しておこう（一重下線部参照）。そして、その見通す内容が推量を表わす直説法の助動詞 <i>wird</i> および副詞 <i>wohl</i> により叙述されている（二重下線部参照）。

次の引用箇所に接続法２式の推量の助動詞 <i>würden</i> により、世間の連中は機会さえ見つければ介入しようとする可能性が指摘されるが（一重下線部参照）、実際はそのような機会は見つけられないし、彼らは嗅覚にのみにたより、限界があることが直説法の動詞 <i>finden</i> により事実関連として叙述される（二重下線部参照）。

Und daß Leute sich in der Nähe herumtreiben und gern eingreifen <u>würden</u>, wenn sie eine Möglichkeit dazu finden <u>würden</u>; aber sie <u>finden</u> keine, bisher verlassen sie sich nur auf ihre Witterung, und Witterung allein genügt zwar um ihren Besitzer reichlich zu beschäftigen, aber zu anderem taugt sie nicht. ... immer haben sie aufgepaßt, immer haben sie die Nase voll Witterung gehabt, ...

(Eine kleine Frau, p. 331)

ひとびとは近くをうろついて、機会さえあれば介入してくるだろう。しかし、その機会がないので、かれらは自分たちが嗅ぎつけたものし

か当てにできずにいる。そして嗅ぎつけるということは、それだけで鼻の所有者を多忙にするに足りるが、他の事には役立たない。(略)いつでも眼を光らせ、いつでも嗅ぎつけた匂で鼻を膨らませるのだが、(略)

円子訳『小さい女』, p. 166-167)

　他方、語り手は認識能力が向上し、かぎ回る連中の区別がつくようになったことが *erkannt*（不定形は erkennen）という認識判断を表わす動詞（ただし、ここでは完了分詞形）によって述べられる（下線部参照）。

Der ganze Unterschied besteht darin, daß ich sie allmählich <u>erkannt</u> habe, ihre Gesichter unterscheide; ...

(*Eine kleine Frau*, p. 331)

以前と変ったことといえば、ぼくはしだいにかれらの見分けがつくようになり、かれらの顔を識別できるようになったことだ。

(円子訳『小さい女』, p. 167)

　つまり、見通す能力が向上しているのは語り手のみで、それ以外の人物は、その能力について変化がないということである。

3. 認識動詞と主語

　以上見てきたように、直説法と接続法という2つの叙述形式がたくみに使い分けられ、事態が事実関連として提示される場合と、主観的に語り手の推量あるいは思考内容として提示される場合に分けられていることがわかった。また、認識能力を表わす動詞が要所要所で用いられていることも確認した。本節では、この認識に関する動詞の用法について考察する。

これまで論じてきた範囲内で出現した認識に関わる動詞は次の4つである：

（A）*durchschauen*；（B）*merken*；（C）*einsehen*；（D）*erkennen*

これらの動詞の用法を、それぞれが出現する場面ごとに確認してみよう。これらの動詞の意味は、『ドイツ語ユニバーサル辞典』（ＤＵＷ）に基づき、大雑把に次のように理解しておく。（A）*durchschauen* は隠されているものを見抜くこと、（B）*merken* は知覚や直感によって気づくこと、（C）*einsehen* は相手が認めたくないものを洞察すること、（D）*erkennen* は識別がつくこと。

（A）*durchschauen*
　この動詞の主語として現われるのは「世間の注意深い人たち」（einige Aufpasser）と「誰も」（jeder）の2つである。具体的な表現は次のとおりである（下線による強調は論者。以下同様）。

　　…, und einige Aufpasser, eben die fleißigsten Nachrichten-Überbringer, sind schon nahe daran, es zu durchschauen oder sie stellen sich wenigstens so, als durchschauten sie es, … (p. 325)
　　（試訳：…そして、幾人かの注意深い人々、まさに極めて熱心なニュース配達人であるが、そういった連中はすでにほぼ見通しているか、あるいは少なくとも見通せているかのような態度をとっている、…）
　　…, die Dinge liegen zwar einfach, jeder kann sie, wenn er näher hinzutritt, durchschauen, … (p. 329)
　　（試訳：事態はたしかに単純であるが、より立ち入れば、誰もがそれを見通すことができる、…）

　上の文脈では、女と私との関係に関する事態について表面的にはわから

ないことに気づくことが述べられている。2つめの文脈では、誰でも事態を詳しく見れば理解できるといった意味で使われている。両者とも、すぐにはわからないことや見えないことを見通し、見破る能力を表わしていると言えよう。

(B) *merken*

この動詞の主語として登場するのは「その小さな女性」(die kleine Frau) を指示する人称代名詞 *sie* だけである。用例を確認してみよう。

<u>sie merkt</u> alles derartige früher als ich, <u>sie merkt</u> schon den Ausdruck der Absicht in meinem Wesen; ... (p. 327)
(試訳：彼女はそういったことすべてを私よりも早くに気づく。彼女はすでに私の本性の意図を表情から気づいてしまう。)

この文脈では、「表われ」(Ausdruck) がその目的語として用いられていることから、知覚能力や直感によって理解する能力として使われているようである。女性の直観的能力という特性が垣間見られるようである。

(C) *einsehen*

この動詞の主語は語り手の「私」(ich) と「この感の鋭い女」(diese scharfsinnige Frau) を指示する *sie* の2つである。文脈を考察してみよう。

Ihre Unzufriedenheit mit mir ist ja, wie <u>ich</u> jetzt schon <u>einsehe</u>, eine grundsätzliche; ... (p. 328)
(試訳：彼女の私に対する不満は、もちろん、私が今ではすでに見抜いているように、根本的なものなのである。)
Nun kann ich mir nicht vorstellen, daß <u>sie</u>, diese scharfsinnige Frau, dies nicht ebenso <u>einsieht</u> wie ich, ... Gewiß <u>sieht sie es ein</u>, aber als Kämpfernatur vergißt sie es in der Leidenschaft des Kampfes, ... (p. 328)

（試訳：彼女、この鋭い勘をもった女性が、これを私ほど見抜けないとは、今では想像することもできない。（略）きっと、彼女はそれを見抜いているのだ。しかし、闘争心により、彼女は戦いの情熱の中でそれを忘れてしまうのである。）

「根本的な」（grundsätzlich）という表現が使用されていることから、本質的なものを見抜く洞察する能力という意味で使用されていると判断できよう。そのような能力は、語り手と女性の双方に備わっていることがわかる。これは、「お見通し」能力については、両者とも同等であることを示唆するものである。ところが、女性はその闘争心（Kämpfernatur）のためにそれが有効に使えない状態であることが指摘される。

(D) *erkennen*
　この動詞の主語は語り手の「私」（ich）のみである。2つの文脈で用いられている。

　　Ruhiger werde ich der Sache gegenüber, indem <u>ich</u> zu <u>erkennen</u> glaube, daß eine Entscheidung, so nahe sie manchmal bevorzustehen scheint, doch wohl noch nicht kommen wird; …（p. 330）
　　（試訳：決定というのは、ときおり間近にあるようにみえるが、実際はおそらくまだ起こらないだろうと私が認識できるように思えることにより、その事態に対して落ち着いていられる。）
　　Der ganze Unterschied besteht darin, daß <u>ich</u> sie allmählich <u>erkannt</u> habe, ihre Gesichter unterscheide; …（p. 331）
　　（試訳：違ったことのすべては、私が連中のことがようやく認識できるようになり、連中の顔を区別している、ということだ。）

最初の文脈では、「決定」（Entscheidung）がまだ来そうにないと時期を判断する能力として使用されている。もう1つの文脈は、世間の中で問題

となっている事態をかぎつけようとしている連中の区別、すなわち、識別がつくようになったという意味で使われている。両者とも違いが分かることに焦点があてられている。

　4つの動詞は、認識するという点で意味を共有するが、以上見てきたように、動詞の選択は、その主語で表わされるその能力を有する人物と目的語で表現される対象と関連しているようだ。たとえば、*merken* という動詞は女性特有の直観的な認識能力と関連づけられて使用されている。そして、このような動詞の使用から、認識能力を十分に発揮できるのは、語り手である「私」であることが判明する。

4. おわりに

　「お見通し」行為に関してこの物語を分析した結果、語り手がその能力の点で優位に立っていることが明らかにされた。女の「お見通し」能力は怒りのために用を成さず、世間の人々の中には「お見通し」能力に優れた者もいるにはいるが、おのずと限界がある。結局のところ、語り手の能力は他の人物に比べて優れているというわけである。いろいろと悩みが語られてはいるが、結局のところ、語り手の認識能力が他者のそれを凌駕しているので、問題のないことが明らかにされたことになる。

　このように、小さな女と公衆（世間）との関係において、「お見通し」能力の優劣がこの作品のテーマになっていることが確認された。また、語り手の「お見通し」能力が他の登場人物よりも勝っていることを確認し、納得する過程が明らかにされた。したがって、『小さな女』が前章で扱った『父への手紙』と「お見通し」能力の優劣がテーマになっているという点で同様の構造を持つと言うことができる。

　次章では、会話で見られる「お見通し発言」と本章でも言及した地の文のメタ表現である *durchschauen* との関係を、具体的な用例の分析に基づい

て明らかにする。

第7章 「お見通し発言」とメタ言語的説明

0. はじめに

　第5章まで、さまざまなカフカ作品で使用される「お見通し発言」を観察してきたが、この発話の機能は一様ではなく、作品や場面によって異なる機能と関連づけられることがわかった。また、前章では、「お見通し」能力の優劣が登場人物間の関係に重要な影響を及ぼす例を見た。そして、その「お見通し」能力を表す動詞が4種類あることを確認し、それらは文脈によって適切に使い分けられていることを明らかにした。見通すことの意味、相手の考えが「お見通し」状態にあることをあえて相手に伝えることの意味について、本章では、とくに、「お見通し発言」をメタ言語的に説明する *durchschauen* という動詞に着目し、その用例を分析することにより考察する。それによって、「お見通し発言」がなされる背景を明らかにすることが期待できるだろう。

1. 「お見通し」行為と「お見通し発言」

1.1. 動詞 *durchschauen* の用法

　「お見通し発言」がなされる背景には、実際に見通せているかどうかは別問題として、相手の考えや心を見通す能力があることを話者が相手に見せ付けることに何らか意味があるという前提がなければならない。では、見通すという行為はどのような場面において、どのような人間関係にある

人物に対してなされ、それはどういう意味もしくは効果をもつものだろうか。すでに見たように、序章と第2章で触れた作品『判決』では、「お見通し発言」が出現する少し前の場面で次のような記述が見られる。父親が、息子のこそこそした行動の背後にある隠された意図を見破っていることを述べる箇所である。

> Darum doch sperrst du dich in dein Bureau, niemand soll stören, der Chef ist beschäftigt – nur damit du deine falschen Briefchen nach Rußland schreiben kannst. Aber den Vater muß glücklicherweise niemand lehren, <u>den Sohn zu durchschauen</u>.
>
> (*Drucke zu Lebzeiten*, p. 56)

> だからおまえは事務室に閉じこもった、主人多忙ニツキ、何人モ入ルベカラズ、とな、――だがそれは誰にも邪魔されずにロシアへ贋の手紙を書くためだった。しかし、幸いなことに、父親は<u>息子の心を見抜くことぐらい</u>、誰にも教えてもらう必要がないのだ。
>
> (円子訳『判決』, p. 42)

このテクストの下線部において「見通す」という意味の *durchschauen* という動詞が使われている。この動詞の意味は、序章および前章ですでに見たように、人の外面を通して相手の隠された意図を見抜くことである（『ドイツ語ユニバーサル辞典（DUW）』）。このように他者の考えていることをその外側の様子から判断し見通すこと、すなわち、他者の考えを忖度すること、そしてそれを相手に断定的に突きつけることが、とりもなおさず、その相手に対して自分の優位性を戦略的に示す手段になる。その相手の行動をあらかじめ想定し、その想定にしたがって、相手の行動をコントロールすることが可能になるからである。そこで、本書では、相手の考えを見通していることを断定的に表現する発話を、先の動詞 *durchschauen* を使用して、「お見通し発言」（durchschauende Äußerung）と呼ぶことにしたわけ

である。

　このように、カフカ作品においては、対話相手の意図を「見通す（durchschauen）」こと、そして、それを発話内容によって伝えることが、支配力の誇示や力関係の転換を明確化する際、重要な意味をもつと予想される。上で見たように、「お見通し発言」と durchschauen を含む表現は『判決』では近接する箇所に出現しているので、両者の間には何らかの関連性が想定できそうだ。すなわち、durchschauen は当該人物どうしの力関係をメタ言語的に説明するが、「お見通し発言」はその関係を直接的に発話で具現する発話形式であるというように、メタ言語的説明とその発話による具現という関係を想定することができる。事実、「お見通し発言」の使用とその前提となる durchschauen という行為がそのような緊密な関係にあることが示唆される場面が『城』(Das Schloß) に認められる。そこでは、「お見通し」という行為が、フリーダ（Frieda）とK（K.）との力関係で重要な役割を演じていることがわかる：

„Ich weiß nicht was Sie wollen", sagte sie [Frieda] und in ihrem Ton schienen diesmal gegen ihren Willen nicht die Siege ihres Lebens, sondern die unendlichen Enttäuschungen mitzuklingen, „wollen Sie mich vielleicht von Klamm abziehen? Du lieber Himmel!" und sie schlug die Hände zusammen. „Sie haben mich durchschaut", sagte K. wie ermüdet von soviel Mißvertrauen, „gerade das war meine geheimste Absicht. Sie sollten Klamm verlassen und meine Geliebte werden. Und nun kann ich ja gehn. Olga!" rief K., „wir gehn nachhause."
(Das Schloß, p. 64. [　] による補足および下線による強調は論者による)

「どういうことをお望みなのか、わたしにはわかりかねますわ」と、フリーダは言ったが、その声の調子には、彼女の意志とはうらはらに、自分のこれまでの人生の勝利ではなく、はてしない幻滅と失望のひび

きがまじっているようにおもわれた。
「ひょっとしたら、わたしをクラムから引きはなそうというおつもりなんでしょう。ひどい人ね」そう言うと、彼女は、両手を打合わせた。「見ぬかれてしまいましたね」と、Ｋは、多くの不信に疲れはてたとでもいうような口ぶりで、「それこそ、わたしのひそかな狙いだったのです。あなたは、クラムを棄てて、わたしの恋人になってください。さあ、これだけ言ったら、もう出ていきます。オルガ！」と、Ｋは叫んだ。「家へ帰ろう」

(前田敬作訳『城』, p. 47)

　この場面の最初の下線部は、意志を表明する *wollen* という話法の助動詞と２人称主語 *Sie* を基本とする発話である。ただし、推測の副詞 *vielleicht* を含んだ疑問文である。そのため、上の『判決』の用例に関連づけて提示した「お見通し発言」の定義にはあてはまらないが、相手の意志を正しく読み取っていることを確認しようと試みている。すなわち、フリーダがＫに対して、何をしようとしているのかわからないといいながらも、最初の下線部の *wollen Sie mich vielleicht von Klamm abziehen? Du lieber Himmel!* という発話によりＫの密かな意図を指摘する。その結果、２つ目の下線部においてＫが *Sie haben mich durchschaut* と発言することにより、見通されていることを認める。そして、それに続く発話 *gerade das war meine geheimste Absicht* によりＫは自己の意図を明らかにする。この時点で優位な立場にあるのは、相手の意図を正しく指摘したフリーダである。フリーダに心を読まれ、隠していた意図を暴かれてしまったＫはすごすごと帰ることになる。このように、支配力ないし優位性を示唆する場合に、相手の考えなどを見通していることが重要な背景となっていることがわかる。とくに２つ目の下線部の発話に見通すことを表わす動詞 *durchschauen* が使用されている点に注目しておいていい。

1.2. 問題提起

このように見てくると、*durchschauen* という動詞による「お見通し」行為のメタ言語的説明と「お見通し発言」の使用には偶然ではない関係を想定することができそうである。すなわち、この動詞で表わされる「お見通し」行為が登場人物間の力関係をメタ言語的に規定し、その関係を具体的な表現形式として目に見える形で具現したのが「お見通し発言」だと仮定することができよう。そこで、この関係がどの程度の確かさで言えるのかどうかを、「お見通し発言」の使用が確認されている他のカフカ作品で個々の事例を調査してみることにする。

これまで、いくつかのカフカ作品を「お見通し発言」という観点から分析してきた。「お見通し発言」が確認できた作品として、断片『笛』や『判決』のほかに、『流刑地にて』、『失踪者（アメリカ）』、『訴訟（審判）』、『城』、そして『父への手紙』がある。これらのテクストを分析対象とする。使用するテクストは校訂版である（文献の詳細は、巻末の「使用テクスト」を参照のこと）。

これらの作品を対象に *durchschauen* の使用の有無と、使用されている場合の用法を調査する。まず、ボン大学のサイト（Franz-Kafka-Website）にある全文検索エンジンを補助的に使用して、個々の作品内の使用の有無を調べる[1]。使用されていることが確認できた場合は、その場面における用例を分析する。

2. 結果と考察

2.1. *durchschauen* 出現の有無

すでに第 2 章と第 3 章で見たように、『流刑地にて』（*In der Strafkolonie*）および『訴訟（審判）』（*Der Proceß*）には、「お見通し発言」の使用例が

---

[1] http://www.kafka.uni-bonn.de/ （2016 年 3 月 31 日アクセス）

それぞれ3場面と8場面で確認できているが、*durchschauen* の使用例は1例も認められなかった。とくに『訴訟（審判）』では「お見通し発言」の使用例は8例と多いにもかかわらず、「お見通し」行為を説明する動詞 *durchschauen* の用例がまったく見られない。場合によっては、*durchschauen* と同じ意味領域に属する他の動詞が利用されているのかもしれないが、未確認である。他方、『変身』(*Die Verwandlung*) には「お見通し発言」が認められなかったが、*durchschauen* の使用例が2か所で見つかっている。しかし、「お見通し発言」自体が出現していないので、それとの関連は追究することができない。また、『小さな女』(*Eine kleine Frau*) は、1人称による語りの物語のため、発話自体は出現しないが、*durchschauen* のほか、同じように「お見通し」行為を表す *einsehen*、*erkennen*、*merken* の用例が認められた。これについては本章末でもう一度触れることになろう。

　『流刑地にて』と『訴訟（審判）』の2作品以外で、「お見通し発言」が出現する作品については、『判決』(*Das Urteil*) では1例、『失踪者（アメリカ）』(*Der Verschollene*) では1例、『城』(*Das Schloß*) では7例、そして『父への手紙』では1例がそれぞれ確認された。『判決』については、その用例の説明をすでに序章で行なっているので、以下では繰り返さない。

2.2. 『失踪者（アメリカ）』

　『失踪者（アメリカ）』で確認できた「お見通し発言」は、5例あった（本書第4章参照）。ただしそれらはすべて、共感に基づく使用であり、『判決』で見たような、発話者の優位性や支配力を誇示するものではなかった。見通す行為を説明する *durchschauen* だが、その使用例は、1例のみ確認できた。次の場面で用いられている（下線部参照）。

> Der Oberportier, der vortrat und sich zum Zeichen dessen, daß er von Anfang an alles <u>durchschaut</u> hatte, laut auf die Brust schlug, wurde vom Oberkellner mit den Worten: „Ja Sie hatten ganz recht Feodor!" gleichzeitig beruhigt und zurückgewiesen.

(*Der Verschollene*, p. 241)

すると門衛主任が進み出て、彼には初めから凡てが<u>お見通しであった</u>というしるしに自分の胸をどんとたたいたが、ボーイ長の「そうとも、全く君のいうとおりだよ、フェオドール」という言葉になだめられ、うしろにひきさがった。

(千野栄一訳『アメリカ』, p. 140)

　これは、「お見通し発言」が出現する場面とは全く関係のない箇所である。「お見通し発言」が認められたのは、カールとロビンソンとのやり取りにおいてであり、そこでは、相手への深い思いやりをもとにした共感が背景にあった。ところが、引用した場面での *durchschauen* は、共感とは全く異なる場面において優位な立場や支配力を誇示する表現として使用されている。

2.3. 『城』
　『城』はどうであろうか。『城』では「お見通し発言」は9例認められている（本書第3章参照）。*durchschauen* の使用例も比較的多く、先に139ページで引用した用例以外にさらに5例認められた。

2.3.1　フリーダによる使用
　上で引用したのとは別の箇所で、同じくフリーダが *durchschauen* を用いている（下線部参照）。

Diese Anklagen gegen die Gehilfen waren wohl richtig, aber sie konnten alle auch viel unschuldiger gedeutet werden aus dem ganzen lächerlichen, kindischen, fahrigen, unbeherrschten Wesen der zwei. Und sprach nicht gegen die Beschuldigung auch, daß sie doch immer danach gestrebt hatten überall hin mit K. zu gehn und nicht bei Frieda zurückzubleiben. K.

erwähnte etwas derartiges. „Heuchelei", sagte Frieda. „Das hast Du nicht durchschaut? Ja warum hast Du sie dann fortgetrieben, wenn nicht aus diesen Gründen?"

(*Das Schloß*, p. 216-217)

助手たちのことをこんなふうにやっつけるのも、たしかに間違ってはいないかもしれぬ。しかし、もっと無邪気に解してやることもできるのではないだろうか。なにしろ、あのとおり笑止千万な、子供っぽい、気まぐれな、駄駄っ子のような性質の連中なんだから。フリーダはけしからんことだと言うけれど、彼らはいつだってKとどこへでもいっしょに行こうとし、フリーダのそばに残ろうとはしなかったことも、明白な事実ではないか。Kは、そういった意味のことを述べた。
「それは猫かぶりですわ」と、フリーダは反論した。「それが見やぶれなかったのですか。じゃ、そういう理由からでないとすれば、どうしてあの人たちを追いだしたのですか」

(前田敬作訳『城』, p. 155)

実は、この場面の少し前で、Kがフリーダに対して「お見通し発言」をする場面が見られる：

Aber auch Du willst hier bleiben, es ist ja Dein Land.

(*Das Schloß*, p. 215)

しかし、きみもここにとどまりたいだろう。なんと言ったって、きみの生れ故郷だからね。

(前田敬作訳『城』, p. 155)

この「お見通し発言」により、Kがフリーダに対して、ここに居続けるという相手の意志を断定的に表現している。それ以前は、フリーダがKに

対して立場上、優位にいるように描かれていたわけだが、この「お見通し発言」によって立場が逆転していることが読者に明らかにされる。先の引用箇所は、それに対するコメントのように見える。すなわち、この場面では、フリーダによってKが *durchschauen* の能力がないことが指摘されている。したがって、Kを下位に置こうとする目論見に見える。詳しく説明しよう。フリーダはKに対して、見通せなかったのかと責めている。見通すことができないというのは、能力がない、力がないということとして、Kの優位性を疑問視しているようである。そのように考えていいなら、*durchschauen* の使用は、Kとフリーダとの関係を明示する「お見通し発言」と関連があると言えるだろう。

2.3.2. オルガによる使用

次は、オルガが、アマーリアには洞察力、すなわち見抜く力があることを述べている箇所である（下線部参照）。

> Aber Amalia trug nicht nur das Leid, sondern hatte auch den Verstand es zu <u>durchschauen</u>, wir sahen nur die Folgen, sie sah den Grund, wir hofften auf irgendwelche kleine Mittel, sie wußte daß alles entschieden war, wir hatten zu flüstern, sie hatte nur zu schweigen, Aug in Aug mit der Wahrheit stand sie und lebte und ertrug dieses Leben damals wie heute.
>
> (*Das Schloß*, p. 331)

> しかし、アマーリアは、苦悩を担っただけではなく、それを<u>洞察する</u>頭脳ももっていました。わたしたちは、結果だけしか見えませんでしたが、あの子は、原因も見ぬいていました。わたしたちは、どんなにつまらなぬ策であろうとも、なんらかの解決策が見つかるだろうという希望をもっていましたが、あの子は、これで万事が決定されてしまったのだということを知っていました。わたしたちは、ひそひそと相談ばかりしていましたが、あの子は、ただ沈黙しているだけでした。

> アマーリアは、あのころもいまも真実に面と向かって立ち、この人生を生き、耐えてきたのです。
>
> （前田敬作訳『城』, p. 235）

オルガは、アマーリアの「見通す」力を引き合いに出すことによって、アマーリアが有能な女性であることをKにわからせようと試みているようだ。この少し前の箇所で、Kは、アマーリアの優秀さを証明しようとしているオルガの意図を次のように「お見通し発言」で指摘している。

> Ich nehme nicht an, daß Du das mit Absicht oder gar mit böser Absicht tust, sonst hätte ich doch schon längst fortgehn müssen, Du tust es nicht mit Absicht, die Umstände verleiten Dich dazu, <u>aus Liebe zu Amalia willst Du sie hocherhaben über alle Frauen hinstellen</u> und (…)
>
> （*Das Schloß*, p. 312）

> あんたが故意にそうしているとはおもいませんし、ましてや、腹ぐろい意図があるともおもいません。そうでなかったら、もうとっくにここを出ていってしまっているところです。故意にしていることではない。いろんな事情があって、こころならずもそういうことになってしまったのでしょう。具体的に言うと、<u>あんたは、アマーリアを愛しているので、すべての女たちよりも高いところに彼女をまつりあげたい</u>。
> （略）
>
> （前田敬作訳『城』, p. 222）

他のどんな女よりもアマーリアが優れていると見なそうとするオルガの意図をKが断言している。このように、相手の考えを明示することによって、立場上、自分が心理的に上位にあることを誇示していることがわかる。つまり、Kがオルガに対して支配力をもっていることが読者に提示される。そのさらに前の箇所においてもKがオルガに「お見通し発言」をしてい

る。

> <u>Du willst doch nicht scherzen</u>; wie kann über Klamms Aussehen ein Zweifel bestehn, es ist doch bekannt wie er aussieht, ich selbst habe ihn gesehn.
>
> (*Das Schloß*, p. 276)

> あんたは、まさか冗談を言っているのではないでしょうな。クラムの外貌については、どうして疑いの余地があるのでしょうか。彼がどんな様子をしているかは、周知のことでじゃありませんか。ぼくだって、この眼でクラムを見たんですよ
>
> (前田敬作訳『城』, p. 196)

　Kがオルガに対して、相手が冗談を言うつもりがないというオルガの考えを断定している。したがって、オルガの意図を「お見通し」していることから、Kは立場上、上位にあることがわかる。

　このように、それまでオルガに対してKは「お見通し発言」を用いて、自分が上位にあることを示唆してきている。そして、本節冒頭で引用した原文331ページの「見抜く」力の言及は、その「お見通し発言」と関係づけるなら、アマーリアはKと同じくらいに優位にあること、少なくとも決して下位にはないことを、メタ言語的な表現 *durchschauen* を利用してKに向かって説得しているように見える。

2.3.3. オルガによる使用

　次も、オルガが語っている場面であるが、話題は城の役人の有能さについてである（下線部参照）。

> Die Beamten sind sehr gebildet, aber doch nur einseitig, in seinem Fach <u>durchschaut</u> ein Beamter auf ein Wort hin gleich ganze Gedankenreihen,

aber Dinge aus einer andern Abteilung kann man ihm stundenlang erklären, er wird vielleicht höflich nicken aber kein Wort verstehn.

(*Das Schloß*, p. 340)

　お役人たちは、非常に高い教養を身につけていますが、まったく一面的なのです。自分の専門分野のことだと、ひと言聞いただけですぐさま全体を<u>見ぬいてしまいます</u>。ところが、ほかの部局となると、長時間にわたって説明してやっても、あるいは丁重にうなずいてみせるかもしれませんが、ひと言もわかってくれないでしょう。

(前田敬作訳『城』, p.241)

　「お見通し発言」とは直接関係ない箇所だが、見抜く力は、有能なことの証明として説明されている。Kが戦いを挑もうとしている相手の役人には勝てないということを示しているようである。オルガはKから「お見通し発言」をされているので、たしかに自分は下位だが、そうでない人物もいることをオルガがメタ言語的な表現 *durchschauen* を用いて強調しているともとれる。

2.3.4. オルガによる使用

　今度は、人間が考えている内容ではなく、車の往来について、通常なら規則性に基づいて予測がたつが、そのような規則性がないので、予測がたたないことを述べている。すなわち、現象の背後に何らかの規則性を推論する能力が見抜くことと理解できる（下線部参照）。

Aber so wie die Ausfahrordnung hinsichtlich der Straßen unregelmäßig und nicht zu <u>durchschauen</u> ist, so ist es auch mit der Zahl der Wagen.

(*Das Schloß*, p. 342)

　しかし、どの道を通ってくるかということが不規則で、<u>見通し</u>がたた

ないのとおなじように、車の数もまちまちで、予想がつきません。

(前田敬作訳『城』, p. 242)

この用例は、直接「お見通し発言」とは関係がないが、メタ言語的な表現 *durchschauen* の意味を理解する上で役立つ。

2.3.5. ペーピによる使用

次は、ペーピの話である。この場面では *durchschauen* が2箇所出現している（下線部参照）。

> (...) - und so entschloß sich die gute Frieda zu etwas Neuem. Wer nur imstande gewesen wäre, es gleich zu durchschauen! Pepi hat es geahnt, aber durchschaut hat sie es leider nicht. Frieda entschloß sich Skandal zu machen, sie, die Geliebte Klamms, wirft sich irgendeinem Beliebigen, womöglich dem Allergeringsten hin.
>
> (*Das Schloß*, p. 464)

> そこで、フリーダは、なにか新奇なことをやらかそうと決心したのです。それをすぐに見ぬくことのできた人があったでしょうか。わたしは、おぼろげに感づいてはいましたが、残念ながら見ぬくことはできませんでした。フリーダは、スキャンダルを起こそうと決心したのです。クラムの愛人ともあろう女が、相手かまわずに、できれば身分のとびきり低い男に身を投げだす。
>
> (前田敬作訳『城』, p. 322-323)

ここでは、*durchschauen*（一重下線参照）と *geahnt*（不定詞は ahnen、二重下線参照）が対比されている。フリーダの意図を見抜くことにはメタ言語的説明の *durchschauen* が使われ、意図を明確に見抜くのではなく、感づく程度の予感という意味の動詞 *ahnen* と対比されている。前者は深いと

ころまで理解できる能力であるが、後者は「そんな気がする」という、きわめて表面的なレベルの予想に過ぎない。このように、フリーダの意図を見抜くことは極めて難しかったことが表明される。Kは「お見通し発言」を通して、フリーダの考えを見抜いていること、したがって、フリーダより優位にあることを誇示してきたが、実際はそうではなかったことがここで暴露されることになる。そして、この場面の少し後に、Kがペーピに対して新たに「お見通し発言」をしている場面がある。

> <u>Du willst ihr nicht glauben!</u> Und weißt nicht wie Du Dich damit bloßstellst, wie Du gerade damit Deine Unerfahrenheit zeigt.
>
> (*Das Schloß*, p. 483-484)

> <u>きみは、フリーダの言うことを信じようとしない。</u>が、きみは、自分では気づいていないけれども、そのことによって自分の欠点をさらけ出し、自分の未経験さをしめしているのだよ。
>
> (前田敬作訳『城』, p. 336)

Kは今度はペーピに対して、力関係に関して上位にいることがこの発話がなされる時点で明確化される。

2.4. 『父への手紙』

『父への手紙』においても *durchschauen* という動詞の使用例が1箇所確認された。しかしながら、メタ表現として「お見通し発言」を説明するものではない（下線部参照）。

> Ich <u>durchschaue</u> ja den sehr komplizierten Fall nicht ganz, aber jedenfalls war hier etwas wie eine Art Löwy, ausgestattet mit den besten Kafka'schen Waffen.
>
> (*Brief an den Vater*, p. 179)

このきわめて複雑なケースを完全に<u>見抜いている</u>わけではありませんが、いずれにせよその核心にあったのは、最良のカフカ的武器を備えた、一種のレーヴィ的なものです。

（飛鷹節訳『父への手紙』, p. 145）

　ここでは、人間関係や人間の特徴を見抜く能力の意味で使っているようである。

3.　おわりに：他の関連する動詞との関連

　これまで、相手の心を見通していることをその相手に直接つきつける「お見通し発言」と関連づけて、その発言の前提となる、*durchschauen* という行為について、「お見通し発言」が認められたカフカ作品内での用法を見てきた。その用例から、*durchschauen* という表現の基本的な意味は、相手の隠された意図を見抜く能力、現象の背後にある規則性、隠された意図を見抜く力のことだと確認できた。
　このように対人関係に関するメタ言語的な説明として用いられる *durchschauen* と、対人関係を確認ないしは転換する発話形式としての「お見通し発言」とは、『判決』と『城』の用例から、相互に関連づけられて出現する可能性があることがわかっている。「お見通し発言」が出現するカフカ作品では登場人物間の関係は、あらかじめ規定され、固定されているわけではない。場面が進むにつれ、人物間の力関係に変化が起きる。そこで、その力関係の微妙な変化を読者に説明するのに、*durchschauen* がメタ言語的に使用され、また、直接的に「お見通し発言」が発せられると想定した。そして、この想定にしたがって、「お見通し発言」が出現する作品を調査したわけである。その結果、『城』の３場面において、登場人物間の関係を、*durchschauen* を使用したメタ言語的説明と「お見通し発言」

によって提示する事例が確認できた。このように、この想定が確認できる事例が複数あったにもかかわらず、「お見通し発言」が出現する作品のすべての場面において、durchschauen の使用によるメタ言語的説明の事例が認められたわけではない。この結果をどのように評価すべきだろうか。

　想定した関係については一部しか確認できなかったということは、そもそも、「お見通し発言」の出現と関連づける動詞を durchschauen に限定して問題設定を行なった点に疑問を投げかける。カフカの作品の中では durchschauen と同じ意味場に属する動詞群や慣用表現が使用されているはずである。「お見通し発言」をメタコミュニケーション的に説明する表現を、典型的な動詞の durchschauen に限定せず、それと同じ意味領域に属する他の表現類にまで射程を広げれば、「お見通し発言」とそのメタ言語的説明の相互関連性を的確に捉える展開が期待できそうである。『訴訟（審判）』では durchschauen の使用の事例はなかったが、たとえば、工場主（der Fabrikant）が主人公の K に「お見通し発言」をした場面（p. 179）の少しあとにある別れの場面で、K に対して次のように言う。

　　„Ich <u>wußte</u> ja," sagte der Fabrikant, „daß Sie den besten Ausweg finden würden. (...) Aber Sie haben gewiß alles <u>durchgedacht</u> und <u>wissen</u> was Sie tun dürfen."

　　　　　　　　　　　　（下線による強調は論者。Der Proceß, p. 183）

　　「あなたが最善の道を見つけられることは<u>知ってました</u>よ」、と工場主言った、「(略) しかしきっとすべてを<u>充分にお考えの上</u>でのことでしょうし、どうしたらいいのかはあなた自身がよく<u>心得て</u>おいででしょう。」

　　　　　　　　　　　　（下線は論者による。中野孝次訳『審判』, p.118）

ここでは、たしかに、durchschauen という動詞こそ使われていないが、下線部のように wußte（wissen），durchgedacht（durchdenken）など、

durchschauen と同じ意味領域に属する動詞の使用が認められる。これらの表現を用いて、メタコミュニケーション的に「お見通し発言」の解説をしていると言ってもよかろう。

そこで今後はまず、*durchschauen* を中心に、心を見抜くことに関連する表現として *sehen*、*einsehen*、*erkennen*、*verstehen*、*wissen*、*merken* といった動詞群および関連する慣用表現からなる意味場を精査する必要がある（このうちの *durchschauen*、*einsehen*、*erkennen*、*merken* は、第6章で扱った『小さな女』でその使い分けが述べられている）。そして、その意味場をもとに「お見通し発言」の出現とそれに関するメタコミュニケーション的な説明との関連性を調査するという展開の可能性がある。

カフカ作品に現われた「お見通し発言」の分析はこれでひとまず終え、次章では、「お見通し発言」が人称制限のある日本語にどのように訳されるのかをレトリックという観点から分析する。

第8章 レトリックとしての「お見通し発言」の翻訳可能性

0. はじめに

　「お見通し発言」とは、前章までに見てきたように、対話相手の考えていることをその当の相手に面と向かって、しかも断定的に提示する発話技法のことである。このような発話は、たとえば相手への支配力をその相手に認識させたり、確認させたりする機能をもつ。ところが、日本語には文法上の制約として人称制限があり、この「お見通し発言」のように、話者以外の人物である対話相手の思考内容を断定的に表現することは通常できない。日本語にそのような文法的な制約があるならば、日本語への翻訳の際、その技法はどのような形で日本語に移されるのであろうか。本章では、翻訳における起点言語と目標言語の等価性という観点から、ドイツ語の「お見通し発言」とその日本語訳を比較し、その訳文を類型化することによって、等価性がどのような形で維持されているのかを明らかにする。

1. 問題の所在

1.1. 「お見通し発言」とレトリック

　小説のいわゆる全知の語り手などは別にして、日常レベルでは一般に、他者の思考内容を直接に語ることができない（Stanzel, 1985）。もちろん、外見などから他者の内面世界を推測することは可能だろう。また、当の相

手に、思考内容を問うことや確認することもできる。そのため、通常、推量や疑問という形式をとることはあっても、断定的に表現することは稀である。稀ではあるかもしれないが、文法上、ドイツ語では2人称を主語にして思考内容を断定する平叙文が可能である (cf. 東郷, 2002)。そのため、カフカ作品における「お見通し発言」は、その可能な形式を用いることにより、レトリックとしての効果が期待できるわけである。

1.2. 等価性

では、ドイツ語原文に見られる、このようなレトリックとしての「お見通し発言」は、ドイツ語には存在しない人称制限という文法的な制約のある日本語にどのような形で翻訳されるのだろうか。ここでは、起点言語のドイツ語テクストと目標言語の日本語テクストとの間の等価性(Äquivalenz, equivalence) を問題とする。翻訳における等価性は、コラーによれば、次の5つの観点から評価できるというという：1. デノテーション、2. コノテーション、3. テクスト規範、4. コミュニケーション、そして5. 形式である (Koller, 1987: p. 186-191)。「デノテーション」ではある言語表現の指示する対象物が、「コノテーション」ではある言語表現が有する文体的価値が、「テクスト規範」ではテクストの属するジャンルが、「コミュニケーション」では対象読者へもたらすコミュニケーション上の作用が、そして「形式」では形式的・美的、言語遊戯的特徴が、それぞれ係わる。本章では、「お見通し発言」というレトリックとしての機能に関心があるので、とくに4.のコミュニケーション機能と5.のレトリックとしての技法に関する等価性に焦点をあてることにする。

1.3. 人称制限

すでに言及したように、日本語には他者の内面世界を表現する述語について人称制限と呼ばれる現象がある (益岡, 1997)。たとえば、願望や意志という内面世界を表現する述語に2人称や3人称の主語がたつ平叙文は基本的に非文となる。そのため、ドイツ語の「お見通し発言」における2

人称を主語とする思考動詞の断定表現がどのような形式として日本語に翻訳されるのかを問題にすることができる。

ドイツ語の「お見通し発言」の断定としての機能は、日本語では文末表現のモダリティとして現われる可能性が高い。モダリティとは、発話時点における話し手の命題内容に対する心的態度のことである（仁田, 1999: p. 18）。そこで、文末に着目して日本語訳を分析し、類型化を試みる。なお、「お見通し発言」は、『判決』に見られるように、単に相手に対する優位性を誇示する手段としてのみ使用されるわけではない。たとえば、共感など、他の機能も確認されている（本書第4章参照）。このように、さまざまな作品に認められる多様な「お見通し発言」の翻訳例の検討を通して、原文がもつレトリックとしての効果の訳文への反映可能性を明らかにしたい。

2. 翻訳の等価性に関する調査

「お見通し発言」が確認できたのは、『父への手紙』を含めると6作品である。しかしながら、対面発話ではない『父への手紙』は形式的に特殊な「お見通し発言」に分類されるべきなので除くことにし、分析対象として取り上げるのは、次の5作品において認められた「お見通し発言」に限定する。ただし、本章で取り上げるのは、1作品につき1つの「お見通し発言」とする。以下に作品名を示すが、その右側は、入手できた訳文の数である（使用テクストに関する詳細は、巻末の「使用テクスト」を参照のこと）。

Das Urteil（『判決』）：11 訳例採取
In der Strafkolonie（『流刑地にて』）：7 訳例採取
Der Verschollene（*Amerika*）（『失踪者（アメリカ）』）：5 訳例採取
Der Proceß（『訴訟（審判）』）：8 訳例採取

Das Schloß（『城』）：8 訳例採取

　本章では、「お見通し発言」の訳例から、その発言の該当部分を中心に取り上げる。訳文全体については、『資料集』（西嶋，2011b）を参照のこと[1]。

3. 結果と考察

　以下、ドイツ語原文の「お見通し発言」における断定技法とそのコミュニケーション上の機能が、日本語ではどのように訳されているのかを作品ごとに検討していく。

3.1. 『判決』（*Das Urteil*）

　次の「お見通し発言」の日本語訳は 11 例が見つかっている。それらの訳例は訳文のコミュニケーション上の機能にしたがって大きく「現象描写」・「推量」・「断定的突きつけ」・「問いかけ」の 4 つに分類できる。それぞれのグループごとに検討していく（以下同様）。

　　<u>Du denkst</u>, du hast noch die Kraft, hierher zu kommen und hältst dich bloß zurück, weil du so willst.

（*Drucke zu Lebzeiten*, p. 58）

3.1.1. 現象描写（「…と思っている」ほか 3 例）

　　「おまえは、自分にはここへ来る力がまだある、自制しているのは自分がそう望んでいるからだ、<u>と思っている</u>。」

（円子修平訳『判決』、新潮社版『カフカ全集 1』、1980、p. 43）

原文の下線部は、「…ト思ッテイル」というように「テイル」という形

---

[1] なお、この「資料集」は、インターネットでも次のサイトからダウンロード可能である。http://hdl.handle.net/2297/27146

式を用いて訳されている。この「テイル」表現は一般に現在の状況を提示するために用いられるので、「現象描写」に分類される。訳文は、主語として言及される人物の思考内容を客観的事実のように伝える効果をもつ（cf. 阿部, 1998）。そのため、この「テイル」を証拠性表現と見なす研究もある（定延＆マルチュコフ（2006）。なお、Nishijima（2015）も参照のこと）。全てを見通すことができる全知の語り手のように、客観的な形をよそおい相手の思考内容を指摘する形式である。訳文は、発話形式としては断定的ではあるが、原文の「お見通し発言」が持つコミュニケーション上の機能に比べると、主観的な断定の力が弱く、中立的な印象を与える。したがって、「お見通し発言」による話者の優位性の誇示という機能に関して、原文と訳文の等価性の度合いは低いと感じられる。

3.1.2. 推量（「…と思っているのだろう」ほか3例）

「お前はここに来る力がまだある<u>と思っているのだろう</u>。それなのにお前は遠ざかっている。そうしたいからなあ。」
（川崎芳隆・浦山光之訳『判決』、旺文社文庫版『変身 他四編』、旺文社、1973、p. 14）

　上記の現象描写表現「テイル」に形式名詞化する助詞「ノ」が接続し、そこに推量を表わす「ダロウ」が追加されている。「推量」に属する「ダロウ」などの表現は、相手の思考内容について、その確信度が高くないという態度を表明する。原文の「お見通し発言」と比較すると、レトリックとしての断定の力が弱められ、また、コミュニケーション上の機能として優位性の誇示という観点からも等価性の度合いが低いと言える。

3.1.3. 断定的突きつけ（「…と、お前は思っているんだ」ほか1例）

「お前にはまだここまでやってくる力がある<u>と、お前は思っているんだ</u>。それだのにお前はよってもこない。そうしたいと思うからだ。」
（原田義人訳『判決』、筑摩書房版世界文学大系『カフカ』、1960、p. 414-415）

「テイル」という現象描写表現に名詞化する助詞「ノ」が接続し、そこに説明的な断定を表わす「ダ」が付加されている。この訳文の形式は、相手の思考内容を客観的な事実として断定的に突きつける技法といえる。訳例は、優位性の誇示というコミュニケーション機能に関して、説明的という印象を与えるが、原文の「お見通し発言」のもつ断定による優位性の誇示としての力を感じとることができ、等価性の度合いは高いと言えそうだ。

3.1.4. 問いかけ（「…と思っているのか」）

「手をさしのべる力はあるけれど、そんな気がないから、さしのべないだけだなどと思っているのか。だが、勘違いするな。」
（丘沢静也訳『判決』、光文社古典新訳文庫版『変身／掟の前で 他2編』、光文社、2007、p. 26）

「テイル」という現象描写表現に形式名詞化する助詞「ノ」が接続し、そこに疑問の助詞「カ」が付与されている。疑問形式が使用されているが、後続文を見る限り、これを修辞疑問と解釈するにはその修辞としての力が弱く、単純な疑問形式と理解される。この疑問形式は、原文のコミュニケーション機能と比較すると、断定の程度は低いが、相手にその思考内容を突きつけることにより自己の優位性を示しているという印象を与え、等価性の度合いが高いと言える。

3.2. 『流刑地にて』（*In der Strafkolonie*）

次の「お見通し発言」には7例の翻訳が見つかっている。訳文のコミュニケーション機能は「推量」と「念押し」の2種類に分類できる。

Das ist mein Plan; wollen Sie mir zu seiner Ausführung helfen? Aber natürlich <u>wollen Sie</u>, mehr als das, Sie müssen.

（*Drucke zu Lebzeiten*, p. 234-235）

3.2.1. 推量（「…心組にちがいありません。」ほか4例）

「いや、むろん、加勢して下さる心組にちがいありません。心組どこ

ろか、それこそ、あなたにとつても、義務なのです。」
　　（谷友幸訳『流刑地にて』、旧新潮社版『カフカ全集Ⅲ　變身・流刑地にて・支那の長城・觀察』、1953、p. 174）

　上記3.1.2.の「ダロウ」と同様に、推量を表わすグループに属する。モダリティ形式は原文と異なる。しかし、主語の2人称 *Sie* に合わせて、「下さる」や「デス・マス」という社会的・心理的に距離をおくスタイルが付加されている。とくに「下さる」という対人行動を意識した表現が選択されることにより、原文のもつ「お見通し発言」のコミュニケーション機能がかなり和らげられて訳出され、等価性の度合いが低く感じられる。

3.2.2. 念押し（「ご協力頂けますね」ほか1例）

　「その実行に、貴方の手をお貸し頂けるでしょうか？　もちろん、ご協力頂けますね。いや、何が何でも、ご協力頂かなくてはならないのです。」
　　（柴田翔訳『流刑地にて』、ちくま文庫版『カフカ・セレクションⅡ　運動／拘束』、2008、p. 189）

　補助的な表現「頂ク」と「マス」という社会的・心理的に距離をおくスタイルが用いられているが、終助詞「ネ」の付加により、相手の意志を念押しし、確認しようとしている。対人配慮を意識してはいるが、相手を従わせようという意図が認められる。これらの特徴から、原文のもつ優位性の誇示というコミュニケーション上の機能に関して、等価性の度合いが高いと言える。

3.3. 『失踪者（アメリカ）』（***Der Verschollene*** (*Amerika*)）

　次の「お見通し発言」については5例の訳文が手元にある。機能は「現象描写」と「推量」の2種類に分けられる。

　Du aber denkst, weil Du der Freund des Delamarche bist, darfst Du ihn nicht verlassen.

　　　　　　　　　　　　　　　　　　（*Der Verschollene*, p. 313-314）

3.3.1. 現象描写（「…と考えているけど、…」ほか1例）

「あんたはしかしドラマルシュの友達だから、彼を見すててはならない<u>と考えているけど</u>、…」

（原田義人・渡邊格司・石中象治訳『アメリカ』、旧新潮社版『カフカ全集Ⅱ　審判・アメリカ』、1953、p. 423）

上記 3.1.1. と同様に、「テイル」により、相手の考えを客観的事実もしくは共有知のように提示している。接続する「ケド」が断定を避ける「和らげ」効果をもつ。この作品の「お見通し発言」のコミュニケーション上の機能は、他の作品と異なり、相手に対する力の誇示というよりも、相手への深い理解に基づく「共感」提示という機能をもつ（本書第4章参照）。ところが、「テイル」という客観度の高い表現により、主観的な判断が感じにくくなっている。その点で、原文の機能として共感を伝えようとする意図に関して、等価性の度合いが低いように思われる。

3.3.2. 推量（「…と思っているんだろう。」ほか2例）

「自分はドラマルシュの友人だから、友人を捨てられない<u>と思っているんだろう</u>。」

（池内紀訳『失踪者』、白水社版『カフカ小説全集①』、2000、p. 251）

上記 3.1.2. の「ダロウ」で説明したように、推量形式が選択されることにより、本来「ダ」がもつ断定が弱められ、主観的判断に基づく弱い主張となっている。形式的にはこの点で、断定的態度というより、「共感」的な態度が認められ、等価性の度合いが高いと思われる。

3.4. 『訴訟（審判）』*Der Proceß*

次の「お見通し発言」の訳例は、8つある。機能は「断定的突きつけ」・「推量」・「修辞疑問」の3種類に分けられる。

Und <u>Sie wollen</u> nicht befreit werden, ...

(*Der Proceß*, p. 86)

3.4.1. 断定的突きつけ（「…もらいたがってはいないんだ」ほか3例）

「そしてあなたは、放してもらいたがってはいないんだ！」
(辻瑆訳『審判』、筑摩書房版『世界文学大系58 カフカ』、1960、p. 37)

「テイル」の否定形「テイナイ」が用いられることにより、相手の内面世界が現象描写として提示され、それに形式名詞化する「ン（ノ）」と説明的断定の「ダ」が接続している。この訳文の形式は、相手の思考内容を客観的な事実として説明的に突きつける技法である。断定による自己の優位性の誇示というコミュニケーション機能に関して、説明的ではあるが、等価性の度合いは高いと言えよう。

3.4.2. 推量（「…たくないんだろう」ほか2例）

「で君は、放されたくないんだろう！」
(原田義人・渡邊格司・石中象治訳『審判』、旧新潮社版『カフカ全集II 審判・アメリカ』、1953、p. 56)

「タクナイ」という否定的願望表現に形式名詞化の「ン（ノ）」と推量を表わす「ダロウ」が接続している。推量というモダリティ形式により、原文のもつ断定的な表現効果は和らげられている。しかしながら、自己の優位性の誇示というコミュニケーション機能に関しては、訳文からその意図が伝わるので、等価性の度合いは高いと言える。

3.4.3. 修辞疑問（同意要求）（「…としないじゃないか」）

「自分だって放されようとしないじゃないか」
(丘沢静也訳『訴訟』、光文社、光文社古典新訳文庫、2009、p. 96)

意志を表わす「トスル」の否定形「トシナイ」に「ジャナイカ」という修辞疑問形式が接続し、相手の思考内容が修辞技法により断定的に提示されている。また、コミュニケーション機能に関して、原文と同様に優位性

の強い訴えかけの効果が認められるので、等価性の度合いは高いと判断される。

3.5. 『城』(*Das Schloß*)

次の「お見通し発言」の訳は8例ある。その機能を「和らげ断定」・「問いかけ」・「推量」の3種類に分けて説明する。

> Und wenn Du kein Nachtlager bekommst, <u>willst Du</u> dann etwa von mir verlangen, ...
>
> (*Das Schloß*, p. 150)

3.5.1. 和らげ断定(「…とおっしゃってるようなものなんですわ」ほか2例)

「で、もしあなたが寝場所をみつけることができなければ、あなたの方は寒い夜の中をさまよい歩いているつて分りきつてるのに、あたしにはここのあたたかい部屋に寝るように、<u>とおつしやつてるようなものなんですわ</u>」

(辻瑆・中野孝次・荻原芳昭訳『城』、旧新潮社版『カフカ全集Ⅰ 城』、1953、p. 109)

「オッシャル」という丁寧度の高い動詞に現象描写の「テル（テイル）」、類似を表わす「ヨウナ」、形式名詞の「モノ」、説明的な断定の「ナンデス（ナノデス）」、和らげ効果をもつ終助詞「ワ」（れいのるず，2001）が接続していることがわかる。これらの要素が複合し、間接化され、和らげ効果を伴った断定がなされている。日本語における女性の発話として訳そうと試みているため、原文の逐語試訳「アナタハ私ニ…トイウコトヲ要求シヨウトスル」と比較すると、その断定の強さがかなり和らげられた形で訳されていると言える。したがって、コミュニケーション機能としての立場の優位性の誇示に関して、等価性の度合いが低いようである。

3.5.2. 問いかけ（「…っておっしゃるの？」ほか2例）

「こんなふうにご自分には泊まる宿がないのに、あたしにはこの暖か

い部屋でぬくぬく眠れっておっしゃるの？ あなたが寒い夜空の下をほっつき歩いているとわかっているあたしによ」

(立山洋三訳『城』、『世界文学全集33』、学習研究社、1977、p. 196)

「オッシャル」という丁寧度の高い表現に、形式名詞化する「ノ」に疑問の終助詞「カ」が接続し、問いかけ表現が作られるが、その際、日本語における女性の発話であることを考慮し、「カ」を略すことによって、訴えかけの度合いを弱めている。訳文の形式は問いかけの技法となり、原文のもつ断定の強さが弱められている。したがって、コミュニケーション機能としての優位性の誇示に関しても、等価性の度合いは低いように感じられる。

3.5.3. 推量（「…っておっしゃるのでしょう。」ほか1例）

「それに、あなたは泊るところがなくても、わたしにはこのあたたかい部屋で眠れっておっしゃるのでしょう。あなたが夜の寒気のなかをほっつき歩いていらっしゃるとわかっていながら、どうしてわたしだけがぬくぬくと眠っていられるかしら」

(前田敬作訳『城』、新潮社版『決定版カフカ全集6 城』、1981、p. 107)

「オッシャル」という待遇上の丁寧度の高い表現に、「デショウ」という推量を表わす形式で訳されている。日本語における女性の発話ということを考慮して、動詞のほか、上記のように「ダロウ」ではなく「デショウ」が用いられ、丁寧度が高められている。それにともない、形式上、断定の力はかなり弱められている。したがって、優位性の誇示というコミュニケーション上の機能に関して、等価性の度合いは低められている。

4. レトリックの変容

これまで分析してきた訳文39例のモダリティ形式を作品ごとにみると、

次のようになる：

- 『判決』（全11例中：「現象描写」4例、「推量」4例、「断定的突きつけ」2例、「問いかけ」1例）
- 『流刑地にて』（全7例中：「推量」5例、「念押し」2例）
- 『失踪者』（全5例中：「推量」3例、「現象描写」2例）
- 『訴訟』（全8例中：「断定的突きつけ」4例、「推量」3例、「同意要求」1例）
- 『城』（全8例中：「和らげ断定」3例、「問いかけ」3例、「推量」2例）。

　全訳文のなかで、文章形式として出現度が高いのは、「推量」であり、全体の43.6%を占める。次点は、「現象描写」（15.4%）と「断定的突きつけ」（15.4%）である。これらの文章形式を用いることにより、対話者に対する話者本人の優位性の誇示という機能がどの程度伝わるかが問題になる。ただし、『失踪者』の「お見通し発言」のコミュニケーション上の機能は、他の4作品の「優位性の誇示」と異なり、「共感の提示」にある。訳文はその原文の解釈を反映するとすれば、『失踪者』は別に扱ったほうがいいだろう。

　『失踪者』をのぞいて、訳文の技法の出現順を計算し直すと、次のようになる：「推量」（41.2%）、「断定的突きつけ」（17.6%）、「現象描写」（11.8%）、「問いかけ」（11.8%）。「推量」はいずれにせよ、一番多い。ということは、「お見通し発言」の日本語訳に出現する形式の4割以上を占めるのは「推量」となる。相手の思考内容の断定的指摘という技法は、日本語では「推量」という形式に転換して訳すことが自然なことと理解されていることになる。これは、日本語のもつ人称制限という文法的な制約とかかわるのであろう。話し手本人以外の人物の思考内容は、日本語では基本的に断定しにくいという特徴があるから、推量という形式により相手の思考内容に間接的に言及することになるわけである。

そのような推量形式の訳文は日本語としてはたしかに自然に感じられるが、原文の「お見通し発言」の断定的表現形式と比較すると、等価性に関して、その度合いは高いとは言えない。しかし、だからといって、形式的な断定として等価性の高い「現象描写」として訳すと、日本語として不自然に感じられる。原文の「断定」と形式的に等価と見なすことができそうなのは、「断定的突きつけ」であろう[2]。

　また、日本語社会では、対人行動において社会的・心理的距離や性差を配慮するのが普通であるため、訳文に日本社会で求められる社会言語学的情報が付与されてしまう。この点からも原文の「お見通し発言」がもつレトリックとしての技法は日本語に等価な形で移行させるのは難しい。

　たしかに、形式的な等価性を翻訳において維持するのは困難ではあるが、コミュニケーションの機能は工夫により同等の効果を与えるよう訳出することはできないわけではない。したがって、「お見通し発言」の翻訳における等価性の問題は、レトリックとしてはその実現は言語の形式的制約により難しいが、コミュニケーション上の機能に関してその等価性を維持することは可能であると言える。

5.　まとめと展望

　ドイツ語の「お見通し発言」とその日本語訳を比較した結果、いくつか

---

[2] 「お見通し発言」ではないが、2人称の内面世界を断定的に表現する文が小説で使用されることがある。たとえば、「あなたはストライキを応援したい」「あなたは、少し不愉快に思う」など。こういった表現は、2人称の「あなた」の内面世界を断定的に表現している。これは、一見奇妙な印象を与える。しかし、これらが2人称小説の語り（多和田葉子『容疑者の夜行列車』青土社, 2002）という枠組みで使われていると説明されたなら、それほどの違和感は覚えないだろう。むしろ、その奇妙な雰囲気を積極的に評価することになる（cf. 野村眞木夫, 2005; 2007; 西嶋, 2015）。これを参考にすると、人称制限にとらわれずに「お見通し発言」を断定的に翻訳することにより、レトリックとして違和感を創出することができる。これを基礎に、翻訳文体論を構想することが可能となるだろう。

の文末モダリティ形式が選択的に適用されていることがわかった。さまざまな形式が選択されるのは、もちろん、「お見通し発言」の形式を日本語に直接的に移行できないという形式的な理由があるからではある。しかし、それだけではなく、その選択には訳者による「お見通し発言」をそれとして解釈しているかどうかが関与しているように思われる（cf. 鈴木，2016）。したがって、等価性をさまざまな文末モダリティ出現に関連させるだけでなく、「お見通し発言」が出現する前提となるコンテクストも考慮し、「お見通し発言」が適切に理解され、評価されているかどうかを確認する必要がある。訳者によるこのような作品理解との関連などの精査が望まれる。

終章　越境する会話

　本書をまとめるにあたり、まず、本書の要旨を述べることから始めたい。
　序章では、2人称断定文という、文法的ではあるが、実際のコミュニケーションにおいては発話するのが困難な文を出発点に、そのバリエーションである「お見通し発言」と呼ばれる発話のおおまかな特徴を「領分の越境」という観点から規定し、分析の枠組みを提示した。第1章では、ほぼ「お見通し発言」によって構成される断片テクスト『笛』を用いて、その基本的な形式と機能を確認した。その結果、この「お見通し発言」は、対話相手の思考内容を断定的に提示する用法であり、それによって、自己認識を新たにしたり、話を意外な方向へと展開させる機能をもつことがわかった。第2章と第3章では、それぞれ短編作品の『判決』と『流刑地にて』と長編作品の『訴訟（審判）』と『城』を分析対象とし、さまざまな「お見通し発言」の用例を確認したが、その基本的な機能は、相手の思考内容を先取りし、それを相手に断定的に提示することによって、話者が相手より優位な立場にいることを誇示するものであることが明らかにされた。第4章では長編『失踪者（アメリカ）』を分析した。この作品に出現する「お見通し発言」は、第2章と第3章の証例とは明らかに機能が異なっていた。すなわち、相手の思考内容に立ち入って、それを断定的に提示するという基本構造は同じであるが、その機能は、相手に対する優位性を誇示したり、話の展開を促したりするのではなく、むしろ相手に対する深い共感を示すものであることがわかった。
　第1章から第4章までの証例分析により、「お見通し発言」とそれが出現する作品の主題との間には一定の関係があることが示唆された。すなわ

ち、たとえば、『訴訟（審判）』や『城』では、権力との闘いが描かれるが、それに対応するように、これらのテクストに出現する「お見通し発言」の機能は、相手に対する優位性を誇示し、立場として相手を凌駕していることを相手に納得させようとするものである。他方、『失踪者（アメリカ）』では主人公が底辺としての生活を余儀なくされ、同じような境遇にある他の登場人物との会話で出現する「お見通し発言」は相手への共感を表現するものであった。

　第5章では、カフカの『父への手紙』を分析した。『手紙』というのは書き手（1人称）が自分のことを叙述するだけでなく、読み手である2人称の相手のことも描くので、そこでは相手の考えなどに対して「お見通し」行為が行われているとの前提から分析を行なった。その結果、たしかに父親の発言を「お見通し」するだけでなく、その父親が書き手である息子を見通しているという二重の「お見通し」行為が行われていることが明らかにされた。しかし、その「お見通し」行為やそれの具現である「お見通し発言」はすべて、書き手である息子の想像によるものなので、手紙という手段によって書き手は相手である父親に対して優位性を誇示しようとしていることがわかった。

　第6章では、モノローグの語りからなる『小さな女』を扱った。カフカ作品における人間関係の基本は、他者に対する自己の優位性の主張であり、その優位性を担保するのは他者が考えていることを見通す能力にあると想定できる。この作品には「お見通し発言」そのものは出現しないが、その前提となる「お見通し」能力、すなわち、相手の考えを見抜く能力について言及される。その能力に言及する動詞は4種類あるが、それらは文脈ごとに使い分けられていることが確認できた。そこで、その見通す能力について優位性をめぐる心の葛藤という観点から分析を試みた。この観点により、語り手の「お見通し」能力が他者のそれを凌駕しているので、結局のところ、語り手の悩みはそれほど問題とはならないとの結論にいたる過程を考察した。同様の構造は、第5章で扱った『父への手紙』にも見られるので、この章での分析により『父への手紙』の構造との並行性が確認でき

た。

　第7章では、「お見通し発言」を地の文（語り）においてメタ言語的に説明する durchschauen（見通す）という動詞に着目し、その動詞は「お見通し発言」と共起するのか、共起するとすればどのような形で出現し、また、「お見通し発言」と動詞との意味規定関係はどのようになるのかを分析した。その結果、『判決』と『城』において、登場人物間の関係が、地の文では durchschauen で説明される「お見通し」行為によって、発話では「お見通し発言」によって明示される証例を確認した。「お見通し」行為では、「お見通し」動詞が登場人物間の関係を明らかにするための手段として機能していることが明らかにされた。

　第8章は、ドイツ語の「お見通し発言」が日本語にどのように翻訳されているのかをレトリックとしての効果という観点から比較した。その結果、日本語に存在する文法的な人称制限により、オリジナルとは異なるモダリティで効果の再現が試みられていることが明らかにされた。

　以上のように、登場人物間の領分を越える「お見通し発言」およびそれを説明する「お見通し」行為の分析を行なった。その結果、カフカの複数の作品において、この2人称断定文による特徴的な発話が確認されただけではなく、各章で示したように、その機能が作品のテーマと密接に関係している可能性のあることも明らかにされた。このことが示唆するのは、カフカは「お見通し発言」を意図的に、すなわちレトリックの一種として作品内会話で用いたのではないかということだ。このようなレトリックとしての技法については、これまで指摘されてこなかった。その意味で、本書が着目して分析してきた「お見通し発言」という技法は、今後のカフカ作品のレトリック研究に新たな分析のための視点を提供することが期待できる。これを思考内容の再現方法という観点から考えてみよう。

　登場人物の思考内容を再現するための手段は、直接話法、間接話法、体験話法のように、少なくとも3種類の形式がある。直接話法は、語り手が登場人物の思考内容を、引用符を用いて忠実に再現しようとする形式である。他方、間接話法は、登場人物の思考内容を語り手が語りの文脈に合

わせて再現する形式である。この2者は思考動詞などの引用動詞が伴うのが普通である。そして、体験話法（描出話法、自由間接話法ともいう）は、登場人物の思考内容を、引用動詞を用いずにモノローグのように再現しようとする形式である。しかしながら、表現形式は語り手の視点に関連づけられるので、思考する主体は間接話法のように3人称の表現となる。ところで、発言ならば、口頭で表現されたものなので、1人称小説だろうが3人称小説だろうが、客観的に観察し引用できる。ところが、思考内容の再現は、そう単純ではない。思考内容は、認識論上、当の本人以外にアクセスできないはずだからである。たしかに1人称小説なら語り手が主要な登場人物と一致するので、語り手が語り手本人の内的モノローグとして再現可能である。しかし、3人称小説の場合、語り手と登場人物は別の人格なので、そう簡単に他者の思考内容にアクセスすることはできない。

　3人称小説において、登場人物の思考内容を語りの次元において描出する場合、語り手がいわゆる全知の語り手ならば、語り手が登場人物の内面世界を見通すなり、立ち入って再現することができる。しかし、語り手が全知ではない場合は、その描写は単純でない。そこにさまざまな技法が使われる余地が生じる。体験話法はそのような技法の1つであろう。こういった思考内容の再現の問題については、これまで語りと関連づけて論じられてきた。ところが、「お見通し発言」は、それらと明確に一線を画すものである。登場人物の1人が別の登場人物の思考内容を描出するからである。それは、あたかも全知の語り手が登場人物の思考内容を見通して再現するかのようである。その意味で、登場人物が語り手の役割の一部を担っているといってもよかろう。このように「お見通し発言」は、語りに係わる特殊な用法であることはたしかである。しかしながら、本書では「お見通し発言」がカフカ特有のものなのか、それともカフカ以外の作家の作品にも出現するかどうかについては論じることができなかった。これは今後の調査すべき課題として残すことにする。

　「お見通し発言」に関する今後の展開という点では、2人称断定文という形式を有する、いくつかの関連する発話や語りとの異同を明らかに

していく必要があろう。たとえば、2人称の体験話法との違い、一意性（Einsinnigkeit）による語りの制約と「お見通し発言」の役割、2人称小説の語りと「お見通し発言」との違い、といった問題領域が研究の射程にはいってくる。以下では、本書のまとめとして、2人称の体験話法の用例と比較することにより、「お見通し発言」の特徴を別の側面から浮き彫りにする。そして、一意性の問題との関連を述べることにより、今後の展開への手がかりを提供したい。

2人称の体験話法との関連

　鈴木（2005）によれば、カフカ作品には体験話法が比較的多用されているという（cf. 鈴木, 1987）。体験話法は一般に、語り手が地の文において登場人物の発言や思考内容を語り手の視点から再現するものである。しかしながら、鈴木（2005）は、地の文だけでなく、対面会話においても一種の体験話法は出現するということをエコー表現と関連づけて指摘している。想定される相手の考えを先取りし、それを話者の観点から提示するというものである（鈴木, 2005: p. 143）。したがって、「お見通し発言」との関連は明らかである（cf. 尾張, 2008）。
　鈴木（2005, p. 186）の「あとがき」に書かれた「体験話法」との出会いのエピソードであるが、次のような発話例が紹介されている（斜体による強調は著者の鈴木氏による）。

　　„*Sie sind verheiratet*. Meine Mutter gehört zur alten Generation."

　この発話は著者の鈴木康志氏が滞在する下宿先の大家の娘から発せられたものらしい。大家の娘が車で駅まで迎えに来て、下宿先まで連れて行ってくれた時のことだ。その車中の会話で、鈴木氏は自分の連れが婚約者であることを告げたところ、上の発話がなされたという。問題となるのは、斜体で表記された文である。この文は「あなたたちは結婚している」とい

う意味である。

　斜体の文が *Sie sind verlobt.*（あなたたちは婚約中だ）という発話なら問題はない。事実の確認になるからである。ところが、*Sie sind verheiratet.* となると、事実と明らかに異なっている。そこで、鈴木氏はこの発話を、*Sagen Sie, wir sind verheiratet.*（私たちは結婚していると言ってください）と解釈し、話者である大家の娘の視点から2人の関係を叙述するする体験話法の一種だと説明する。つまり、「あなたたちは結婚していることになっているからね」「あなたたちは結婚しているの、いいわね」という意味での発言ということである。

　この解釈を「お見通し発言」と比較できるよう、図式的に説明してみよう。

　鈴木（2005）の挙げた例 *Sie sind verheiratet.*（あなたたちは結婚している）の体験話法としての解釈は、次のように、1人称である話者Bが2人称の相手Aの行動や思考内容を話者Bの視点から再現することと説明される。

　　A:（„Wir sind verheiratet."（私たちは結婚している））
　　　　↑（BがAに前提・想定・発言してもらいたいこと、願望）
　　　　↓（Bの視点から再構成）
　　B: „Sie sind verheiratet."（あなたたちは結婚している）
　　　　↑（話者Bの視点から再現された聞き手Aに関する
　　　　　話者Bの願望）

　Aの括弧内の発話は、Bが想定している内容、そのように発言してほしい、あるいはそのような心がけておくようにと伝えたい内容である。それをBの視点から再構成すると、Bの発言となるわけである。

　2人称断定文をこのように考えてくると、「お見通し発言」は対面的コミュニケーションにおける体験話法のように見えてくる。しかし、両者は同じでない。その再構成の方向に違いがある。

「お見通し発言」は、次のように、ＡとＢの対面コミュニケーションにおいて、Ａの考えていることをＢが見通して（見抜いて）、Ｂの立場から表現（＝再構成）することである。

　　Ａ: „Ich will das machen." （オレはそれをするつもりだ）
　　　　↓（ＢがＡの思考内容を見通す）
　　Ｂ: „Du willst das machen." （オマエはそれをするつもりだ）
　　　　↑（Ａの思考内容のＢ発話による再構成）

　Ａの思考内容を見通して、あるいは忖度して、それをＢの視点から再構成し、「オマエはそれをするつもりだ」と断定する。それにより、相手の行動を前もって理解していることを表明する。これにより、対人関係において心理的に優位に立ち、事を有利に運ぶ契機となりうる。
　他方、鈴木（2005）の挙げた２人称の体験話法は、聞き手Ａに発言してもらいたい内容、想定してもらいたいことを話者Ｂの立場から再構成しているにすぎない。再構成という点では、形式上、２人称の体験話法は、「お見通し発言」ときわめて近いように見えるが、少なくとも３つの点で異なる。１つは、再構成する内実の方向性が異なるという点である。２人称の体験話法では、言語化主体である話者Ｂの聞き手Ａに関する願望が言語化されるが、「お見通し発言」で言語化されるのは、話者による聞き手の思考内容の解釈（見通した思考内容）である。２つ目の違いは、内面世界を描写する述語の有無である。「お見通し発言」は、聞き手の内面世界を話者が断定的に突きつける表現なので、内面世界を描写する思考動詞や意志を表現する助動詞を伴う。しかし、体験話法ではそのような述語は必ずしも必要でない。３つ目として、機能の違いが指摘できる。「お見通し発言」も２人称の体験話法も、一種の「先取り表現」として話し手の考えを相手に押し付けているとも言えるが、その役割が異なる。前者は、戦略的に使用することにより、話者と聞き手との対人関係をコントロールする手段となるものであるが、後者は、話者との関係ではなく、想定される

場面で円滑にコミュニケーションがとれるようにするための配慮と言える。

一意性との関連

　最後に指摘したいのは、カフカ作品に特徴的であるとされる一意性という語り手の視点の問題である。文芸作品においてよく知られている語り手の視点は、全知の視点と言われるものである。それは、語り手は登場人物の内面世界に立ち入りそれを叙述するなど、作品で描かれる世界を知る立場にあり、その視点から物語るという視点である。ところが、バイスナーによれば、カフカ作品には一意性という視点の制約があるという（Beißner, 1952, cf. Walser, 1978; 野口, 1980; 吉澤, 2007）。これは、語り手の視点が全知の立場になく、特定の登場人物と同じ視点もしくはきわめて近い位置にあり、限定された視野しか有していないというものである。したがって、その視点からは全体像が見渡せず、当該の登場人物の知覚した世界しか知りえない。すなわち、全知の視点とは異なり、「越境」することができないのである。したがって、登場人物の内面世界を語り手が克明に報告しないということになる（吉澤, 2007: p. 112f.）。ここで「お見通し発言」と関連づけるなら、一意性という制限をもった語り手は特定の登場人物の視点しかとれないので、他者の内面には踏み込めない。そこで、登場人物間で、「お見通し発言」という手段を利用することにより、他者の内面世界を読者に暴き出し、示そうとしていると考えることもできよう。その場合、一意性というのがカフカ作品に特徴的な語りの視点だとするなら、「お見通し発言」はそのような限定された語りの視点を補うために利用された、語りの補助機能としての発言と見なすことができる。そうだとするなら、「お見通し発言」はカフカ作品に必然的に出現することになったと説明することが可能となろう。

　とりわけ、この一意性の問題が「お見通し発言」の越境性をさらに解明する糸口になるという見通しをもっているが、それは別の機会に譲りたい。

使用テクスト

序章　2人称断定文と「お見通し発言」
［使用テクスト］
- *Das Urteil*. In: Franz Kafka: *Drucke zu Lebzeiten*. Kritische Ausgabe. Hrsg. von W. Kittler, H.-G. Koch und G. Neumann, Frankfurt/M.: Fischer Taschenbuch Verlag, 2002, 41-61.

［翻訳テクスト］
- 『判決』（円子修平訳）. In:『決定版 カフカ全集 1 変身・流刑地にて』（マックス・ブロート編），新潮社，1980.
- 『判決』（池内 紀訳）. In:『カフカ小説全集④ 変身ほか』，白水社，2001.
- *The Judgment*. In: *The Collected Short Stories of Franz Kafka*. Edited by Nahum N. Glatzer, London: Penguin, 1988, 77-88（Tranlated by Willa and Edwin Muir）.

第1章　領分の越境と話の展開
　　　——断片『笛』の証例——
［使用テクスト］
- *Konvolut 1920*. In: Franz Kafka: *Nachgelassene Schriften und Fragmente II*. Kritische Ausgabe. Hrsg. von J. Schillemeit. Frankfurt/M.: Fischer Taschenbuch Verlag, 2002, 223-362
- Franz Kafka: *Nachgelassene Schriften und Fragmente II. Apparatband*. Hrsg. von J. Schillemeit, Frankfurt/M.: Fischer Taschenbuch Verlag, 2002.

［翻訳テクスト］

- 断片（飛鷹 節訳）：『決定版 カフカ全集３ 田舎の婚礼準備・父への手紙』（マックス・ブロート編），新潮社，1981.

第２章 優位性の確立（１）
　　──短編作品『判決』と『流刑地にて』の証例──

［使用テクスト］

- *Das Urteil*. In: Franz Kafka: *Drucke zu Lebzeiten*. Kritische Ausgabe. Hrsg. von W. Kittler, H.-G. Koch und G. Neumann, Frankfurt/M.: Fischer Taschenbuch Verlag, 2002, 41-61.

- *Die Verwandlung*. In: Franz Kafka: *Drucke zu Lebzeiten*. Kritische Ausgabe. Hrsg. von W. Kittler, H.-G. Koch und G. Neumann, Frankfurt/M.: Fischer Taschenbuch Verlag, 2002, 113-200.

- *Konvolut 1920*. In: Franz Kafka: *Nachgelassene Schriften und Fragmente II*. Kritische Ausgabe. Hrsg. von J. Schillemeit. Frankfurt/M.: Fischer Taschenbuch Verlag, 2002, 223-362

- *In der Strafkolonie*. In: Franz Kafka: *Drucke zu Lebzeiten*. Hrsg. von W. Kittler, H.-G. Koch und G. Neumann, Frankfurt/M.: Fischer Taschenbuch Verlag, 2002, 201-269.

- *Nachgelassene Schriften und Fragmente II. Apparatband*. Hrsg. von J. Schillemeit, Frankfurt/M.: Fischer Taschenbuch Verlag, 2002.

- *Briefe 1902-1924* Franz Kafka: *Gesammelte Werke in Enzelbänden*. Hrsg. von M. Brod, Frankfurt/M.: S. Fischer Verlag, 1958.

［翻訳テクスト］

-『判決』（円子修平訳）．In:『決定版 カフカ全集１ 変身・流刑地にて』（マックス・ブロート編）新潮社，1980, 35-45.

-『判決』（池内 紀訳）．In:『カフカ小説全集④ 変身ほか』白水社，2001, 37-52.

-『変身』（川村二郎訳）．In:『決定版 カフカ全集１ 変身・流刑地にて』（マックス・ブロート編）新潮社，1980, 47-93.

- 『流刑地にて』(谷 友幸訳). In:『カフカ全集 III』新潮社, 1953, 151-184.
- 『流刑地で』(原田義人訳). In:『カフカ』(世界文学大系 58), 筑摩書房, 1960, 373-390.
- 『流刑地にて』(円子修平訳). In:『カフカ全集1 変身・流刑地にて』, 新潮社, 1980, 133-158.
- 『流刑地にて』(池内 紀訳). In:『カフカ短篇集』岩波書店（岩波文庫）, 1987, 50-102.
- *The Judgment*. In: *The Collected Short Stories of FRANZ KAFKA*. Edited by Nahum N. Glatzer, Harmondsworth: Penguin Books, 1988, 77-88 (Tranlated by Willa and Edwin Muir).
- *In the Penal Colony*. In: *The Collected Short Stories of FRANZ KAFKA*. Edited by Nahum N. Glatzer, Harmondsworth: Penguin Books, 1988, 140-167 (Tranlated by Willa and Edwin Muir).

第3章　優位性の確立（2）
──長編作品『訴訟（審判）』と『城』の証例──

［使用テクスト］
- Franz Kafka: *Der Proceß*. Herausgegeben von M. Pasley, Frankfurt/M.: Fischer Taschenbuch Verlag, 2002.
- Franz Kafka: *Das Schloß*. Herausgegeben von M. Pasley, Kritische Ausgabe, Frankfurt/M.: Fischer Taschenbuch Verlag, 2002.

［翻訳テクスト］
- 『カフカ小説全集② 審判』(池内 紀訳), 白水社, 2001.
- 『カフカ小説全集③ 城』(池内 紀訳), 白水社, 2001.
- Franz Kafka: *The Trial*. Definitive Edition. Translated by Willa and Edwin Muir. Revised, and with additional materials translated by E.M. Butler. New York: Vintage Books, 1969.
- Franz Kafka: *The Castle*. Definitive Edition. Translated by Willa and Edwin

Muir with additional materials translated by Eithne Wilkins and Ernst Kaiser. With an Homage by Thomas Mann. New York: Vintage Books, 1974.

第4章　共感の表明
　　　──長編小説『失踪者（アメリカ）』の証例──

［使用テクスト］
- Franz Kafka: *Der Verschollene*. Herausgegen von J. Schillemeit, Kritische Ausgabe, Frankfurt/M.: Fischer Taschenbuch Verlag, 2002.

［翻訳テクスト］
- 『決定版カフカ全集4 アメリカ』（千野 栄一訳），新潮社，1981.
　この千野訳は校訂版ではなく、Brod 版を底本にしている。
- *America*. Translated by Willa and Edwin Muir. Harmondsworth: Penguin Books, 1976.

第5章　「お見通し」能力としての手紙
　　　──『父への手紙』の証例──

［使用テクスト］
- Der „Brief an den Vater"（November 1919）．In: Franz Kafka: *Nachgelassene Schriften und Fragmente II*. Hrsg. von J. Schillemeit, Frankfurt/M.: Fischer Taschenbuch Verlag, 2002, 143-217.

［翻訳テクスト］
- 『父への手紙』（飛鷹 節訳）．In:『決定版カフカ全集3 田舎の婚礼準備・父への手紙』，新潮社，1981, 123-170.

第6章　「お見通し」能力と優位性
　　　──『小さな女』の証例──

［使用テクスト］
- *Eine kleine Frau*. In: Franz Kafka: *Drucke zu Lebzeiten*. Hrsg. von W. Kittler,

H.-G. Koch, und G. Neumann. Frankfurt/M.: Fischer Taschenbuch Verlag, 2002.

［翻訳テクスト］
- 『小さい女』（円子修平訳）．In:『決定版 カフカ全集 1 変身・流刑地にて』，新潮社，1980, 161-167.

第7章 「お見通し発言」とメタ言語的説明

［使用テクスト］
- Franz Kafka: *Drucke zu Lebzeiten*. Herausgegeben von W. Kittler, H.-G.Koch und G. Neumann. Kritische Ausgabe, Frankfurt/M.: Fischer Taschenbuch Verlag, 2002.
- Franz Kafka: *Der Verschollene.*. Herausgeben von J. Schillemeit. Kritische Ausgabe, Frankfurt/M.: Fischer Taschenbuch Verlag, 2002.
- Franz Kafka: *Der Proceß*. Herausgegeben von M. Pasley. Kritische Ausgabe, Frankfurt/M.: Fischer Taschenbuch Verlag, 2002.
- Franz Kafka: *Das Schloß*. Herausgegeben von M. Pasley. Kritische Ausgabe, Frankfurt/M.: Fischer Taschenbuch Verlag, 2002.
- Franz Kafka: Der „Brief an den Vater"（November 1919）．In: *Nachgelassene Schriften und Fragmente II*. Hrsg. von J. Schillemeit, Frankfurt/M.: Fischer Taschenbuch Verlag, 2002, 143-217.

［翻訳テクスト］
- 『判決』（円子修平訳）．In:『決定版 カフカ全集 1 変身・流刑地にて』（マックス・ブロート編），新潮社，1980.
- 『城』（前田敬作訳）．In:『決定版 カフカ全集 6 城』（マックス・ブロート編），新潮社，1980.
- 『アメリカ』（千野栄一訳）．In:『決定版 カフカ全集 4 アメリカ』（マックス・ブロート編），新潮社，1980.
- 『父への手紙』（飛鷹 節訳）．In:『決定版カフカ全集 3 田舎の婚礼準備・父への手紙』（マックス・ブロート編），新潮社，1980.

-『審判』（中野孝次訳）．In:『決定版カフカ全集 5 審判』（マックス・ブロート編），新潮社，1980．

第 8 章　レトリックとしての「お見通し発言」の翻訳可能性
［使用テクスト］

Franz, K.（2002）．*Drucke zu Lebzeiten*. Herausgegeben von W. Kittler, H.-G. Koch und G. Neumann, Kritische Ausgabe, Frankfurt/M.: Fischer Taschenbuch Verlag.

Franz, K.（2002）．*Der Verschollene（Amerika）*. Herausgegen von J. Schillemeit, Kritische Ausgabe, Frankfurt/M.: Fischer Taschenbuch Verlag.

Franz, K.（2002）．*Der Proceß*. Herausgegeben von M. Pasley, Frankfurt/M.: Fischer Taschenbuch Verlag.

Franz, K.（2002）．*Das Schloß*. Herausgegeben von M. Pasley, Kritische Ausgabe, Frankfurt/M.: Fischer Taschenbuch Verlag.

文　献

- 阿部 保子（1998）:「思考動詞のテイル形に関する一考察」『北海道大学留学生センター紀要』第 2 号, 1-12.
- 有村 隆広（1985）:「父親コンプレックス」『カフカとその文学』郁文堂, 19-26.
- Beißner, F.（1952）: *Der Erzähler Franz Kafka*. Stuttgart: W. Kohlhammer Verlag.
- Binder, H.（1975）: *Kafka Kommentar zu sämtlichen Erzählungen*. München: Winkler.
- Brown, P. & Levinson, S. C.（1987）: *Politeness. Some universals in language usage. Cambridge*: Cambridge University Press.
- DUW（1996）: *Duden Deutsches Universal Wörterbuch A-Z*. Hrsg. u. bearb. vom Wissenschaftlichen Rat und den Mitarbeitern der Dudenredaktion. 3., völlig neu bearb. u. erw. Aufl., Mannheim usw.: Duden Verlag.
- 橋本 文夫（1982）.『詳解ドイツ文法』. 第 32 版, 三修社.
- Hess-Lüttich, E.W.B.（1979）: „Kafkaeske Konversation. Ein Versuch, K.s Mißverstehen zu verstehen". W. Vandeweghe & M.v.d. Velde（Hgg.）: *Bedeutung, Sprechakte und Texte. Akten des 13. Linguistischen Kolloquiums*, Gent 1978, Band 2, Tübingen: Niemeyer, 362-370.
- Hess-Lüttich, E.W.B.（1982）: „Literatur als Konfliktsmodell: Ethnomethodologische Ansätze in der Literaturinterpretation". G.C. Rump & W. Heindrichs (eds.): *Interaktionsanalysen: Aspekte dialogischer Kommunikation*. Hildesheim: Gerstenberg, 18-55.

- Hess-Lüttich, E.W.B. (1986): „Dialogisches Handeln – Ästhetisches Zeichen. Grundbegriffe dialoglinguistischer Literaturanalyse". F. Hundsnurscher & E. Weigand (Hgg.): *Dialoganalyse. Referate der 1. Arbeitstagung Münster 1986.* Tübingen: Niemeyer, 13-34.
- Hess-Lüttich, E.W.B. (2004): "Understanding Misunderstanding: Kafka's The Trial." K. Aijmer (ed.): *Dialogue Analysis VIII: Understanding and Misunderstanding in Dialogue.* Tübingen: Niemeyer, 69-85.
- 平子 義雄（2012):『あなたがいてわたしがわたしになる「人称」と孤独』. 郁文堂.
- 廣岡 慶彦（2009):『英語科学論文の書き方と国際会議でのプレゼン』. 研究社.
- 池内 紀（2004):「父への手紙」.『カフカを読む』（池内紀の仕事場3)，みすず書房，220-236.
- 池上 嘉彦（2000):『「日本語論」への招待』. 講談社.
- 伊藤 勉（1980):「『流刑地にて』について」.『中京大学教養論集』第21巻第3号，105-131.
- Jagow, B. & Jahraus, O. (Hrsg.) (2008). *Kafka-Handbuch: Leben, Werk, Wirkung.* Göttingen: Vandenhoeck & Ruprecht.
- 菅野 遼（2006):「フランツ・カフカの『流刑地にて』に現れる〈法〉の概念――「旅行家」的レトリシャンとして――」. *Human Communication Studies*, Vol. 34, 139-161.
- 金井 勇人（2012):「Ortega による二人称（代）名詞の考察について」. 埼玉大学『国際交流センター紀要』6，25-31.
- 甘露 統子（2004):「人称制限と視点」. 名古屋大学大学院国際言語文化研究科『言語と文化』第5号，87-104.
- 岸谷 敏子（2001):「話者の意味論としての文法研究のために」. 愛知大学語学教育研究室『言語と文化』5，79-92.
- Koller, W. (1987): *Einführung in die Übersetzungswissenschaft.* 3. Aufl., Heidelberg; Wiesbaden: Quelle und Meyer.

- Krusche, D. (1974): *Kafka und Kafka-Deutung*. München: C. Hanser.
- 牧 秀明（1988）：「『父への手紙』におけるカフカの解放の試みと自己認識」『愛媛大学教養部紀要』21（III），111-125.
- Marui, I. (1995): „Argumentieren, Gesprächsorganisation und Interaktionsprinzipien — Japanisch und Deutsch im Kontrast —". *Deutsche Sprache* Heft 4, S. 352-373.
- 丸井 一郎（2006）：『言語相互行為の理論のために「当たり前」の分析』．三元社．
- 益岡 隆志（1997）：「表現の主観性」．田窪行則編『視点と言語行動』．くろしお出版，1-11.
- 三谷 研爾（1986）：「カフカの『城』における登場人物の発話の機能」．阪神ドイツ文学会『ドイツ文学論攷』XXVIII，69-87.
- 水野 纓（1985）：「《父への手紙》――カフカと三人の父〔III〕――」『東京家政学院大学紀要』25，243-254.
- 中村 芳久（2004）：「主観性の言語学」．中村芳久（編）『認知文法論II』．(pp. 3-51)，大修館．
- Neumann, G. (1968): „Umkehrung und Ablenkung: Franz Kafkas »Gleitendes Paradox«". *DVjs* Nr. 42, 66-108.
- 日中 鎮朗（2004）：「カフカ 心理と身体の地平 ――『父への手紙』の構造と戦略」．『異文化研究』第１号，39-46.
- 西嶋 義憲（1990）：「カフカのテクスト *Die Bäume* を理解するために ――テクストの多層性について――」．『かいろす』（「かいろす」同人）第28号，31-44 (Dt. Fassung: „Zum Verstehen von Franz Kafkas Stück *Die Bäume* – Ein textlinguistischer Ansatz zur Vielschichtigkeit des Stücks –". 『金沢大学文学部論集』第20号，175-195），［立花健吾・佐々木博康編：『カフカ初期作品論集』（同学社，2008，96-131）に改訂版が再録］
- 西嶋 義憲（2000）：「カフカ作品における対話の「歪み」――*Von den Gleichnissen* のテクスト言語学的分析――」．日本独文学会中国四国支部『ドイツ文学論集』第33号，1-10. ［上江憲治・野口広明編：『カ

フカ後期作品論集』（同学社，2016, 249-267）に改定版が再録］
- 西嶋 義憲 (2001a):「カフカのテクスト Kinder auf der Landstraße における対話の分析——繰り返しの技法——」．金沢大学外国語教育研究センター『言語文化論叢』第5号．161-174．[立花健吾・佐々木博康編：『カフカ初期作品論集』（同学社，2008, 132-153）に改訂版が再録]
- 西嶋 義憲 (2001b):「カフカ作品における次元の転換——カフカのある『断片』のテクスト言語学的分析——」．『金沢大学文学部論集』第21号，81-93.
- 西嶋 義憲 (2004):「『お見通し』発言による対話展開の原理——カフカの対話断片テクストを例にして——」．金沢大学外国語教育研究センター『言語文化論叢』第8号，155-168.
- 西嶋 義憲 (2005):『カフカと通常性——作品内対話における日常的言語相互行為の「歪み」——』．金沢大学経済学部研究叢書15, 金沢：金沢大学経済学部．
- 西嶋 義憲 (2008a):「カフカのテクスト『流刑地にて』における『お見通し』発言——『判決』との構造的類似性の分析——」．金沢大学外国語教育研究センター『言語文化論叢』第12号，77-100．[古川昌文・西嶋義憲編：『カフカ中期作品論集』（同学社，2011, 44-65）に改訂版が再録]
- 西嶋 義憲 (2008b):「カフカと『お見通し』発言——『変身』と『火夫』の場合——」．カフカ研究会九重集会研究発表原稿．
- 西嶋 義憲 (2009a):「カフカのテクスト『城』における「お見通し」発言」．金沢大学外国語教育研究センター『言語文化論叢』第13号，23-43.
- 西嶋 義憲 (2009b):「カフカの長編『訴訟』(Der Proceß) における「お見通し」発言——登場人物間における優位性の明示手段の分析——」．日本独文学会中国四国支部『ドイツ文学論集』第42号，39-49.
- 西嶋 義憲 (2009c):「カフカのテクスト『失踪者』(Der Verschollene) における「お見通し」発言——その共感的機能をめぐって——」．『かいろす』第47号，49-63.

- 西嶋 義憲（2010):「カフカと『お見通し』発言：作品内対話におけるその機能」. 金沢大学外国語教育研究センター『言語文化論叢』第14号, 53-73.
- 西嶋 義憲（2011a):「『お見通し』発言のレトリック——カフカの長編三作の分析——」. 日本文体論学会『文体論研究』第57号, 23-35.
- 西嶋 義憲（2011b):「『お見通し』発言とその翻訳」. 金沢大学経済学部社会言語学演習『論文集』第6巻, 33-52.
- 西嶋 義憲（2011c):「見通す行為と『お見通し』発言——durchschauen によるメタ言語的説明の分析——」. 日本独文学会中国四国支部『ドイツ文学論集』第44号, 48-60.
- 西嶋 義憲（2012):「お見通し行為としての『父への手紙』」.『かいろす』第45号, 18-31.
- 西嶋 義憲（2014):「カフカの『小さな女』における『お見通し』行為」. 金沢大学外国語教育研究センター『言語文化論叢』第18号, 107-126.［上江憲治・野口広明編：『カフカ後期作品論集』（同学社, 2016, 46-76）に改訂版が再録］
- 西嶋 義憲（2015):「『お見通し発言』と2人称断定文——『奇妙な』言い回しの考察——」. 金沢大学外国語教育研究センター『言語文化論叢』第19号, 85-108.
- Nishijima, Y. (2005): „Durchschauende Äußerung im Dialog von Kafkas Werken." 日本文体論学会『文体論研究』第51号, 13-24.
- Nishijima, Y. (2010): "Perspectives in Routine Formulas: A Contrastive Analysis of Japanese and German". *Intercultural Communication Studies* (ICS), XIX: 2, 55-63.
- Nishijima, Y. (2013a): "Seeing-through Utterances in the Work of Franz Kafka: A Functional Analysis of Three Novels". G. Rata (ed.): *Linguistic Studies of Human Language*. Athens: Athens Institut for Education and Research, 55-68.
- Nishijima, Y. (2013b): "Methods for Comparison of Perspectives in Linguistic

Formulation: Japanese and German". *Intercultural Communication Studies* (ICS), XXII: 2, 110-123.
- Nishijima, Y. (2015): "Ignorance of Epistemological Distance: Rhetorical Use of Non-evidentials in the Work of Franz Kafka". B. Sonnenhauser & A. Meermann (eds.): *Distance in Language. Grounding a Metaphor.* Cambridge: Cambridge Scholars Publishing, 167-186.
- 仁田 義雄（1999）:『日本語のモダリティと人称』(増補版)，東京：ひつじ書房.
- 野村 廣之（2005）:『ヤーヌスの解剖——1922 年以降の後期カフカ - テクストの構造分析』. 博士論文（東北大学），276-281.
- 野村 眞木夫（2005）:「日本語の二人称小説における人称空間と表現の特性」.『上越教育大学国語研究』19，88-70.
- 野村 眞木夫（2007）:「テクストのタイプと人称のタイプ——願望表現と二人称小説を視座として——」.『上越教育大学紀要』26，15-29.
- 尾張 充典（2008）:「『ある戦いの記述』——寄る辺なき恋愛と，虚の言葉——」. 立花健吾 & 佐々木博康編：『カフカ初期作品論集』. 同学社，1-31.
- れいのるず秋葉かつえ（2001）:「日本語の中の性差のゆくえ」.『月刊 言語』30，30-35.
- Richter, H. (1962): *Franz Kafka. Werk und Entwurf.* Berlin: Rutten & Loening.
- 定延 利之 & アンドレイ・マルチュコフ（2006）:「エビデンシャリティと現代日本語の『ている』構文」. 中川正之 & 定延利之編『言語に現れる「世間」と「世界」』. くろしお出版，153-166.
- 庄子 茂（1983）:「Franz Kafka の作品における „家族" III Kafka 父子——„Brief an den Vater" 考察」弘前大学教養部『文化紀要』17，115-131.
- Sokel, W. (1976): *Tragik und Ironie. Zur Struktur seiner Kunst.* Frankfurt/M: Fischer Taschenbuch Verlag.
- Stanzel, F. (1985): *Theorie des Erzählens.* 3., durchges. Aufl., Göttingen:

Vandenhoeck und Ruprecht.
- Stivers, T., Mondada, L., & Steensig, J. (2011): "Knowledge, morality and affiliation in social interaction". T. Stivers, L. Mondada, & J. Steensig (eds.). *The Morality of Knowledge in Conversation.* Cambridge: Cambridge University Press, 3-26.
- ザトラウスキー , ポリー（Szatrowski, P.）(2003):「共同発話から見た『人称制限』.『視点』をめぐる問題」『日本語文法』第 3 巻第 1 号, 49-66.
- 下谷 麻記（2012):「自然談話における二人称代名詞『あなた』についての一考察――認識的優位性（Epistemic Primacy）を踏まえて――」. 関西外国語大学留学生別科『日本語教育論集』22, 63-96.
- Stirling, L. & Manderson, L. (2011): "About you: Empathy, objectivity and authority". *Journal of Pragmatics* 43, 1581-1602.
- 鈴木 広光 (2016):「言語史における翻訳の語り方」. 雑誌『日本語学』第 35 巻 1 号、20-30.
- 鈴木 康志 (1987): ドイツ語体験話法の訳し方――時称・人称の変換操作――. 筑波大学外国語センター『外国語教育論集』第 9 号, 213-234.
- 鈴木 康志 (2005):『体験話法――ドイツ文解釈のために――』. 大学書林.
- 東郷 雄二 (2002):「フランス語と日本語の感覚・感情述語――『わがこと』と『ひとごと』考」.『フランス語教育』第 31 号, 61-70.
- 富山 典彦 (1980):「フランツ・カフカ『アメリカ』――閉じない円環――」.『埼玉医科大学進学課程紀要』第 1 号, 35-55.
- 辻 瑆 (1971a):「『城』」. 辻 瑆編:『カフカの世界』. 東京：荒地出版, 1971, 137-157.
- 辻 瑆 (1971b):『父への手紙』. 辻 瑆編『カフカの世界』. 荒地出版, 279-288.
- 臼渕 幸子 (1996):「二人称断定文について」. 北海道大学『独語独文学科研究年報』, 22, 1-10.
- Weinrich, H. (1993): *Textgrammatik der deutschen Sprache.* Mannheim,

Leipzig, Wien, u. Zürich: Dudenverlag. (ハラルト・ヴァインリッヒ『テクストからみたドイツ語文法』(脇阪 豊 他 訳). 三修社, 2003).

山中 博心 (2000):「F. K. へ宛て――カフカ『父への手紙』を読みて――」.『福岡大学総合文化研究報』241, 63-73.

- 山田 仁 (2007):「書簡体小説の入れ子構造」. 関西学院大学『言語文化論集』5, 85-107.

- 吉澤 賢 (2007):「長篇小説の戦略：あるいはカフカの『審判』」. 関西学院大学『人文論究』57 (2), 106-122.

初出一覧

本書を構成する各章の背景となっている拙論を以下に示す。

序章　2人称断定文と「お見通し発言」
　　「お見通し発言」と2人称断定文――「奇妙な」言い回しの考察――．金沢大学外国語教育研究センター『言語文化論叢』第19号，2015，pp. 85-108.

第1章　領分の越境と話の展開
　　　　――断片『笛』の証例――
　　カフカの「奇妙な」対話：「お見通し」発言の機能．金沢大学外国語教育研究センター『言語文化論叢』第8号，2004，pp. 155-168.

第2章　優位性の確立 (1)
　　　　――短編作品『判決』と『流刑地にて』の証例――
　　Durchschauende Äußerung im Dialog von Kafkas Werken. 日本文体論学会『文体論研究』第51号，2005，pp. 13-24.
　　カフカのテクスト『流刑地にて』における「お見通し」発言――『判決』との構造的類似性の分析――．金沢大学外国語教育研究センター『言語文化論叢』第12号，2008，pp. 77-100.

第3章　優位性の確立 (2)
　　　　――長編作品『訴訟（審判）』と『城』の証例――
　　カフカの長編『訴訟』(*Der Proceß*) における「お見通し」発言：登場人物間における　優位性の明示手段の分析．日本独文学会中国四国支部『ドイツ文学論集』第42号，2009，pp. 39-49.

カフカのテクスト『城』における「お見通し」発言．外国語教育研究センター『言語文化論叢』第 13 号，2009，pp. 23-43.

第 4 章　共感の表明
　　　　──長編作品『失踪者（アメリカ）』の証例──

カフカのテクスト『失踪者』(*Der Verschollene*) における「お見通し」発言：その共感的機能をめぐって．「かいろす」同人『かいろす』第 47 号，2009，pp. 49-63.

第 5 章　「お見通し」行為としての手紙
　　　　──『父への手紙』の証例──

お見通し行為としての『父への手紙』．「かいろす」同人『かいろす』第 50 号，2012，pp. 18-31.

第 6 章　「お見通し」能力と優位性
　　　　──『小さな女』の証例──

カフカの『小さな女』における「お見通し」行為．金沢大学外国語教育研究センター『言語文化論叢』第 18 号，2014，pp. 107-126.

第 7 章　「お見通し発言」とメタ言語的説明

見通す行為と「お見通し」発言．日本独文学会中国四国支部『ドイツ文学論集』第 44 号，2011，pp. 48-60.

第 8 章　レトリックとしての「お見通し発言」の翻訳可能性

Ignorance of Epistemological Distance: Rhetorical Use of Non-Evidentials in the Work of Frank Kafka. Barbara Sonnenhauser & Anastasia Meermann (eds.): *Distance in Language: Grounding a Metaphor*. Cambridge: Cambridge Scholars Publishing, 2015, pp. 167-186.

終章　越境する会話

本書初出。

あとがき

　本書で論じているカフカ作品内会話の奇妙な発話「お見通し発言」に興味を抱くきっかけとなったのは、ドイツ学術交流会（DAAD）招聘客員教員としてドイツのレーゲンスブルク大学滞在中の2001年後期に行なった演習「言語学的文体論」（Hauptseminar: *Linguistische Stilistik*, Wintersemester 2001/2002）である。言語学的文体論の分析例の1つとしてカフカの文体技法を紹介するために、その準備としてカフカの小品や断片テクストを検討していたときのことだ。2人称断定文の奇妙な発言に気づいた。そして、それを実際の演習で紹介したところ、受講生からさまざまな意見が提出された。そのおかげで、カフカの奇妙な発言に対して、より一層、理解が深まり、ますます興味を覚えるようになった。ここであらためて、積極的に議論に参加し、刺激を与えてくれた受講生たちに感謝したい。

　2003年2月にドイツから帰国し、同年11月に大阪学院大学で開催された日本文体論学会第84回大会でカフカの奇妙な発言を「お見通し発言」と名づけて口頭発表する機会を得た。この用語に関するコメントで、『トリック』というタイトルのドラマとの関連性が指摘された。私はそのドラマを見たことがなかったので、適切に応答することができなかったが、どうやら主人公の女性マジシャンが難事件のトリックを解明し、決め台詞として「お見通しだ」と発言するらしいことがわかった。当時、人気があったらしいドラマの決め台詞を利用して、発表では「奇をてらった」用語を選んだのではないかとの指摘にただただ面食らったことを覚えている。しかし、実情はそうではない。カフカの作品内会話において、ある登場人物が相手の考えを見通していることを表明する発言をしているので、それを

単純に「お見通し」と名づけたに過ぎない。当時流行していたドラマの決め台詞を利用して、人目を引こうなどとは考えもしなかったことだ。この指摘がとくに印象に残り、発表内容についてどのようなやり取りを交わしたのか、残念ながら覚えていない。

　この最初の口頭発表以来10年以上にわたり、機会があるごとに、「お見通し発言」に関連するテーマで論考を公表してきた。その間、2010年と2013年にはそれぞれアテネとミュンヘンで開催された関連学会で研究発表し、その原稿は学会が発行する英文論文集に採録された。この段階で、「お見通し発言」についてはある程度まとまった内容が論じえたと判断し、一区切りをつけるために、これまで発表してきた原稿を1冊の書物としてまとめることを計画した。わかりやすくまとめられているか、また、本研究が意義あるものであるかどうかについては、読者のご判断にお任せし、ご批判を期待したい。

　これまで、カフカのテクストに関してほそぼそと研究を続けてこられたのは、年に2回開催されるカフカ研究会のおかげである。研究会では有村隆広先生をはじめとして立花健吾先生、故河中正彦先生、野口広明先生、佐々木博康先生、古川昌文先生など、多数の研究仲間からいろいろな刺激となる議論をしていただいた。とりわけ、研究発表後に行なわれる宴席では、ときに激しい議論になることもあったが、自由な雰囲気でのやり取りは有益かつ励みとなった。研究会の皆様に、あらためて感謝申し上げたい。

　また、川島淳夫先生、脇阪豊先生、植田康成先生、丸井一郎先生、ルードルフ・ライネルト先生には不躾にも拙論をお送りして、ご意見・ご助言をお願いした。ここで非礼をお詫びするとともに、有益なご助言をいただいたことに対して感謝の意を表したい。

　最後になったが、「息子からの便り」として最新の抜刷が届くのをいつも心待ちにしてくれている茨城在住の両親、西嶋義と西嶋三枝に、また自宅の食卓で原稿を書くことを許し、温かく見守ってくれている妻、西嶋真紀、娘の碧乃、そして息子の惟旺に感謝しつつ、両親と家族に本書を捧げたい。

出版に際しては、鳥影社の樋口至宏様にご助言をいただき、お世話になった。記して感謝申し上げる。

2016 年 3 月 31 日
西嶋 義憲

索　引

　　あ行

阿部保子　159, 183

『アメリカ』（*Amerika*）　→『失踪者』

有村隆広　100, 183, 194

池内紀　21, 47, 54, 56-59, 63, 65-70, 72, 75, 77-83, 100, 162, 177-179, 184

池上嘉彦　9, 184

『泉』（*Der Brunnen*）　28f.

伊藤勉　43, 51, 184

1人称　7-10, 17f., 30, 33, 49, 54, 99, 101, 104-108, 113, 115, 117, 142, 170, 174

　　――小説　10

ヴァインリヒ（Weinrich, H.）　7, 13, 190

臼渕幸子　7, 13-17, 189

エコー表現　173

越境　2, 3, 8, 25, 27, 38, 84, 169, 176f., 191f.

お見通し　23, 32, 36, 63, 78, 82f., 106, 126, 137, 139, 143, 147, 170f., 193f.

　　――行為　3, 25, 37, 45, 50, 99, 101, 104-106, 113, 116f., 125-127, 135, 140-142, 170f., 187, 192

　　――能力　3, 25, 103, 113, 115, 135, 137, 170, 180, 192

　　――発言　1-3, 7, 17, 19, 21-25, 27, 30, 32, 34, 36-39, 41, 44f., 47, 50, 52-56, 58-68, 70-97, 99-101, 103-109, 111-113, 115-117, 135, 137-153, 155-162, 164, 166-177, 181f., 186f., 191-194

尾張充典　24, 173, 188

　　か行

カフカ的なもの（Das kafkaeske）　29

語り　25, 29f., 49, 51, 84, 115f., 142, 167, 170-173, 176

語り手　8, 30, 33f., 47-49, 84, 101f., 105, 115-129, 131, 133-135, 170, 173, 176

　　全知の／局外の――（auktrialer Erzähler）　46, 49, 155, 159, 172

金井勇人　7, 184

菅野遼　52, 184

甘露統子　18, 184

『木々』（*Die Bäume*）　28f.

岸谷敞子　9, 18, 184

技法　2, 28f., 34, 36f., 39, 61, 86, 155, 158, 160, 163, 165, 167, 172

奇妙さ　1, 22, 28, 37f., 46f., 49

客観世界　28

共感　2f., 25, 85, 89, 92f., 97, 112, 142f., 157, 162, 166, 169f., 180, 187, 192

クルーシェ（Krusche, D.）　27, 84, 92, 185

結束性（Kohärenz）　28f., 33

権力　43, 61, 64f., 67, 73, 85, 92, 170

『国道の子供たち』（*Kinder auf der Landstraße*）　28f.

コラー（Koller, W.）　156, 185

さ行

定延利之　159, 188

ザトラウスキー（Szatrowski, P.）　34, 189

3人称　7f., 10, 17, 30, 47, 49, 51, 54, 101, 117f., 156

　　――小説　47f., 132

『失踪者（アメリカ）』（*Der Verschollene*）　3, 84f., 92, 96f., 141f., 157, 161, 164, 166, 169f., 180, 186, 192

視点（パースペクティブ）　47, 51, 58f., 100-102, 104f., 176

支配力　24, 39, 43-45, 52, 54, 59f., 62, 66, 73, 75, 79-81, 83, 85f., 93, 97, 139f., 142f., 146, 155

下谷麻記　8, 189

修辞　77, 107, 160, 162f.

主観世界　28

シュタンツェル（Stanzel, F.）　30, 49, 155, 189

証拠性（evidentiality） 102, 118, 159

書簡体小説 13-16, 100, 115, 190

ショー（Shaw, B.） 10

庄子茂 100, 188

『城』（*Das Schloß*） 1, 3, 41, 61, 73f., 80, 83-85, 92, 97, 139, 141-144, 146-151, 157, 164-166, 169-171, 179, 185f., 189, 191f.

『審判』→『訴訟』

鈴木康志 10, 173-175, 189

スターリング（Stirling, L） 7, 189

スティーヴァース（Stivers, T.） 8, 189

接続法 119, 121-124, 126, 130f.

全知の語り手 → 語り手

相互行為 28f., 33, 185f.

ゾーケル（Sokel, W.） 49, 188

『訴訟』（*Der Proceß*） 1-3, 41, 61f., 72f., 81, 84f., 93, 97, 109, 141f., 152, 157, 162f., 166, 169, 179, 186, 191

そらし（Ablenkung） 29, 36

た行

体験話法 10, 24, 171-175, 189

対立 2, 8, 10, 29, 43, 45, 47, 51f., 59, 110

『喩えについて』（*Von den Gleichnissen*） 28

多和田葉子 167

『小さな女』（*Eine kleine Frau*） 3, 115, 117, 133, 135, 142, 153, 170, 180, 187, 193

『父への手紙』（*Brief an den Vater*） 3, 99-105, 107-112, 115-117, 135, 141f., 150f., 157, 170, 177, 180f., 184f., 187, 189f., 192

直説法 22, 24, 62, 86, 118, 120f., 124-128, 130f.

辻瑆 76, 100, 162, 164, 189

等価性（Äquivalenz, equivalence） 156f., 159-168

東郷雄二 19, 156, 189

富山典彦 92, 189

な行

内面世界　1, 18f., 22, 24, 30, 32-34, 37, 46, 49, 61, 87, 95, 101, 105-107, 116, 118, 155f., 163, 167, 175f.

中村芳久　9, 185

西嶋義憲　8, 10, 19, 22-24, 28f., 45, 102, 118, 158f., 167, 185-188

仁田義雄　157, 188

日中鎮朗　100, 185

2人称　1, 7-10, 13-15, 17, 20-22, 24, 30, 33f., 37, 46, 52, 54, 62, 74f., 86, 99, 101, 105, 107, 109f., 117, 146, 156, 161, 167, 170, 172-175

　——小説　167

　——断定文　3, 7f., 10, 12-14, 16f., 19, 22, 169, 171f., 174, 177, 187, 191, 193

認識動詞　130f.

認識能力　116f., 126, 128, 130f., 135

人称制限　18f., 21, 25, 34, 39, 46, 54f., 57, 64, 69, 78, 118, 153, 155f., 166f., 171, 184, 189

ノイマン（Neumann, G.）　10, 29, 36, 177f., 180-182, 185

野村廣之　116, 188

野村眞木夫　167, 188

は行

バイスナー（Beißner, F.）　176, 183

橋本文夫　8f., 183

パースペクティブ　→ 視点

『判決』（*Das Urteil*）　2f., 19-23, 38-48, 50, 52, 59, 85, 138-142, 151, 157-160, 166, 169, 171, 177f., 181, 186, 191

反転（Umkehrung）　29, 36

『ピグマリオン』（*Pygmalion*）　10

平子義雄　7f., 184

廣岡慶彦　10, 184

ビンダー（Binder, H.）　42, 99, 183

『笛』（*Die Flöte*）　3, 27, 30, 37, 85, 141, 169, 177, 191

ブラウン＆レヴィンソン（Brown, P. & Levinson, S. C.）　12, 183

ヘス゠リュティヒ（Hess-Lüttich, E. W. B.）　27, 183f.
『変身』（*Die Verwandlung*）　1, 21, 41-45, 142, 159-161, 177-181, 186
ポライトネス（politeness）　12, 183

　ま行

『マイ・フェア・レディ』（*My Fair Lady*）　10f., 13
牧秀明　100, 185
益岡隆志　34, 54, 156, 185
丸井一郎　33, 71, 185, 194
マルチュコフ（Malchukov, A.）　159, 188
水野纓　100, 185
三谷研爾　27, 185
見通す　22-24, 49, 94f., 97, 109, 115f., 128, 130-132, 137-140, 142, 145f., 159, 170f., 175, 187, 192
モダリティ（modality）　24, 62, 67, 69, 74, 86, 102, 118, 157, 161, 163, 166, 168, 171, 188

　や行

ヤーゴフ＆ヤールアウス（Jagow, B. & Jahraus, O.）　73, 184
山田仁　100, 190
山中博心　100, 190
優位性　2f., 8, 23-25, 38f., 41, 50, 59, 61f., 64, 66, 70-73, 84, 87, 94, 97, 112, 115, 117, 138, 140, 142, 145, 157, 159-161, 163-166, 169f., 178-180, 186, 189, 191f.
歪み　28f., 185f.
吉澤賢　176, 190

　ら行

リヒター（Richter, H.）　125, 188
『流刑地にて』（*Auf der Strafkolonie*）　3, 41-44, 46, 50-52, 59, 85, 141f., 157, 160f., 166, 169, 177-181, 184, 186, 191
れいのるず秋葉かつえ　164, 188
レトリック　2f., 21, 25, 38, 153, 155-157, 159, 166f., 171, 182, 187

連帯　2
論弁性（Argumentativität）　33

著者紹介
西嶋義憲(にしじま・よしのり)
1957年 埼玉県浦和市(現 さいたま市)生まれ。
1988年 広島大学大学院文学研究科博士課程後期中退。
現在 金沢大学人間社会学域経済学類教授。
専門は社会言語学、テクスト言語学。
著書:『カフカと通常性――作品内会話における日常的言語相互行為の「歪み」――』(金沢大学経済学部研究叢書 15, 2005)。
『カフカ中期作品論集』(共編著, 同学社, 2011)。

カフカと「お見通し発言」
――「越境」する発話の機能――

二〇一六年五月二〇日初版第一刷印刷
二〇一六年六月一〇日初版第一刷発行

定価(本体二二〇〇円+税)

著者 西嶋義憲
発行者 樋口至宏
発行所 鳥影社・ロゴス企画
長野県諏訪市四賀二二九-一(編集室)
電話 〇二六六-五三-二九〇三
東京都新宿区西新宿三-五-一二-7F
電話 〇三-三七六三-三五七〇
印刷 モリモト印刷
製本 高地製本

©2016 by NISHIJIMA Yoshinori printed in Japan
ISBN978-4-86265-551-6 C1098

乱丁・落丁はお取り替えいたします

好評既刊
（表示価格は税込みです）

激動のなかを書きぬく 山口知三
二〇世紀前半のドイツの作家たち クラウス・マン、W・ケッペン、T・マンの時代との対峙の仕方 3045円

意志の美学 林 進
三島由紀夫とドイツ文学 力への意志、仮面の問題など、ニーチェ、T・マン、ハイデガーと比較 2310円

否定詩学 尾張充典
カフカの散文における物語創造の意志と原理 カフカの世界と詩学を大胆に分析・解明する。 3780円

放浪のユダヤ人作家 ヨーゼフ・ロート 平田達治
スラブ的朴訥、ユダヤ的敬虔、オーストリア的憂愁を書いた作家の全貌を現地調査から描く大作 3360円

境界としてのテクスト 三谷研爾
カフカ・物語・言説 物語のテクストから、同時代のコンテクストへ。たえず生動するカフカ論の地平。 1836円